安太座

上

月小檀 著

文創風 914

目錄

序文

月小檀

說起寫這本小說的初心，回憶起來，已有些模糊。大概是某一天閒坐在家裡，忽然在網上瀏覽到了一些有關大企業破產和不少人失業的消息，唏噓之餘，腦海中隱約產生了一個想法，自己可以寫一篇小說——一篇有關主角傾家蕩產後如何東山再起的小說，說不定可以鼓勵到一些正處於低谷期與茫然期的人。（如今想來，這真是個美好又有點幼稚的願望。）

大綱是很快就擬好的，寫作的過程卻不太順利。一來，我是第一次嘗試這類題材的寫作，不免有些手生；二來，因為背景架空了明清，涉及到了一些經商策略、古今幣值換算、科舉制度等問題，因此，整個寫作過程中，基本處於一邊寫一邊查資料的狀態。為此，我還特意翻看了一些明清世情小說，如《儒林外史》、《醒世姻緣傳》、《警世通言》……

寫完這本小說後，除記住了不少經商諺語外，本來對科舉沒什麼瞭解的我，也能分清院試、鄉試、會試、殿試了。深感不管是古代還是現代，想靠讀書走出一條路都不是件容易的事。

這本小說的主線說來非常簡單，就是描述男女主人公在人生的低谷期，是如何不抱怨、不放棄，相濡以沫、努力生活，逐漸過上好日子的。當然除了這個核心故事外，還夾帶著「善有善報，惡有惡報」、「莫欺少年窮」等大眾喜聞樂見的「私貨」。

在最開始的設定中，一些配角並不存在，比如宋承先、張學謹，甚至後期比較重要的女性角色楊婉兒也不在大綱內。但為了使故事更加飽滿，具有可讀性，在寫的過程中不自覺地又加入了這些形形色色的配角。

值得一提的是番外的靈感源自於大詩人白居易和鄰女湘靈的故事。當年我讀了白居易為湘靈所寫的〈潛別離〉：「不得哭，潛別離。不得語，暗相思。」和〈夜雨〉：「我有所念人，隔在遠遠鄉。我有所感事，結在深深腸。」後，甚覺「意難平」，便藉這個番外，給他們另一個好結局，也算完成了自己的小小「私心」。

一直記得金庸先生說過的這麼一段話：「對於小說，我希望讀者們只說喜歡或不喜歡，只說受到感動或覺得厭煩。我最高興的是讀者喜愛或者憎恨我小說中的某些人物，如果有了那種感情，表明我小說中的人物已和讀者的心靈發生聯繫了。」（《金庸作品集》序）

如今，這本小說也要和大家見面了，希望大家也能喜歡，或不喜歡；喜愛裡面的一些人物，或厭惡裡面的一些人物。

第一章

夏至未至，連綿的陰雨已下了一整日，到了黃昏，雨還未停，卻又突地颳起了風。風夾著雨吹進了一座塌敗的破廟，把靠窗的一塊地打得更加濕漉。梁下的蛛網在風裡搖搖晃晃，黏在網上還來不及被蜘蛛吃掉的死蚊子，順著風兒擺脫了蛛網，又飄飄蕩蕩地落在一個女人沾著淚水的長睫上。

棠槿嫿面無表情地坐在一旁，遲鈍地察覺有什麼落在了她眼睛上，弄得她左眼很不舒服。

抬手去抓，食指與拇指一撮，那乾癟的死蚊子頓時成了一團小黑粒，再一捻，這小黑粒便落在了髒兮兮的地上，與萬千塵土混在一塊兒。

「咳咳。」她無力地咳嗽起來。

餓，好餓，前胸貼後背的餓！

強烈的饑餓感讓她再也提不起勁來，抬起的手驀然地垂到了地上。

已經快兩天沒有吃東西了，她好餓！

在出嫁之前，她從沒有遭過這種罪。

他們棠家豐衣足食，雖然她只是個姑娘，但卻是家裡唯一的姑娘，爹和娘將她寶貝得跟什麼似的，何曾讓她餓過？

唯一一次餓肚子，還是她八歲時因為和爹娘生悶氣，自己賭氣不吃飯的。

她已經記不太清，小小年紀的自己當時是因何事而如此任性，但她還記得那種餓的滋味——

無力、空虛，頭重、腳軟，然後全身的力氣一點一點被抽走，起初肚子還會咕嚕叫幾聲，後來，餓到連肚子都反應遲鈍了，便也不覺得餓，但手腳卻開始發冷，腦子一片暈沈，整個人都快站不起來了。

唉！她棠槿嬗天生就是禁不住餓的人，所以那一次才不過餓了兩頓，到了半夜，她便偷偷跑到廚房去找吃的了，她還記得灶上點了盞桐油燈，她打開沈甸甸的鍋蓋，只見帶著竹香味的屜裡放了好幾個肉包子，還有只油辣辣的醬肘子和一碗米湯。

她兩眼發光，抓起肉包子猛地便塞到了嘴裡，結果卻因為吃得太急噎到了，憋得臉都紅了，好在娘及時趕來，給她灌下了一碗湯，又撫著她的背給她順氣，她才沒被噎死。

她那時不懂為什麼娘來得那麼及時，後來才知道娘一直偷偷注意著她，那些熱呼呼的肉包子、醬肘子、米湯，也是娘怕她餓，特意給她備下的。

可惜，如今爹娘都不在了，如果他們還在，她也不至於淪落至此。

直到後來，她嫁給了穆子訓，她的公公穆里候是城中數一數二的富商，她過著人人稱羨、錦衣玉食的少奶奶生活，就更沒挨過餓了。

別說她，就連她養的那隻貓，一日三餐吃的都比鄉下人家好，每天走路肚子一晃一晃的，全身都是富態樣，連叫聲也很是威武霸氣。

可誰承想，公公死後，她的丈夫穆子訓會那麼不中用？

這才幾年，偌大的家產就被敗光、騙光了，連他們最後的棲身之所——穆家老宅子也被人誆走了。

回憶起這一切，無力、憤恨感從棠槿嬧心底深處襲來。

今天，是她隨著穆子訓住到破廟裡的第九天。

他們身上早就一文錢都沒有了，最近還老是下雨、下雨，下得到處都是濕的，下得外邊都沒人走動了，也下得讓人絕望。

這種時候她偏還染上了風寒，反覆發熱又請不起大夫、吃不起藥，簡直是雪上加霜。

直到中午過後，雨小了點，穆子訓才冒著雨出去了，說要給她找吃的回來。

他說這句話時兩眼通紅，塌陷無肉的兩頰還一抽一抽地，像是覺得她不行了，想給她找口吃的，免得她空著肚子到了下邊成了餓死鬼，不好投胎轉世似的。

她當時無力多回應，可現在眼瞅著天一點一點地暗下了，也不禁擔心起來，他怎麼還沒回來？

難道是出事了？

就在這時，一陣踩踏過坑坑窪窪水溝的急促腳步聲傳來。

穆子訓回來了！

只見他全身都濕透了，凌亂的頭髮緊緊地貼在鬢邊，但大大亮亮的眼睛裡卻有些許笑意。

他護著胸口，拖著那雙破舊、連大腳趾都包不住的黑布鞋，有點一瘸一拐地走到她面前，蹲下，抹了抹臉上的水，又嘟起嘴，把手稍微吹乾，寶貝一般從懷裡掏出了一個白紙包。

白紙包打開，裡面是一個被壓得有些扁，卻冒著麥香氣的饅頭。

「娘子，快吃，還是熱的呢！」穆子訓把饅頭拿到她嘴邊去餵她。

棠槿孄聞著那饅頭香，口水都快流出來了，趕緊張嘴往前一咬，卻只咬到了一小口。

這一小口簡直快要了她的命。

她好餓，她不管，她只想吃東西，她要吃東西，她要大口大口地吃東西。

她撐起一口氣，從穆子訓手中抓住饅頭，風捲殘雲間便把那整個饅頭塞進了嘴裡，磨動牙齒，還沒嚼幾口，她發現她好像噎到了，就像小時候吃包子被噎到那樣，不、不是好像，是真的，她真的又噎到了。

窒息，無力的窒息感卡住了她的喉嚨，讓她喘不過氣來。

啊……娘……

啊……她的心怎麼跳得這麼厲害？

啊……該死的穆子訓，居然被嚇得只會發愣。

不，她不想就這樣死了！

至少，得讓她把饅頭吞下去。

她等吃的等了整整兩天！

她不想做餓死鬼。

絕望無力地掙扎中，她兩眼一閉。棠槿嫿，因為一個饅頭徹底嚥氣了，享年二十一歲。

在嚥氣的那一瞬，看著穆子訓那張嚇得慘白如插在墳前蠟燭的臉，她發誓，如果再給她一次機會，她絕對不要再嫁給穆子訓這個不可靠的傢伙了。

「槿𡢃，槿𡢃……快醒醒，妳怎麼在這兒睡著了？」

模模糊糊中，聽到有人在叫她。

這聲音好像是她婆婆的，可她記得婆婆姚氏在穆家老宅被誆走後就氣得吐血身亡了，死時眼睛都沒合上，還是她把娘留給她的金鐲子當了，才勉強買了一口薄棺材把婆婆葬了。

即便是她自己，後來也在破廟裡被饅頭噎死了。

難道這裡是黃泉，她們在底下碰面了？

棠槿𡢃心裡一動，趕緊睜開眼。

婆婆姚氏穿著一件紫色的絨褐襖子，梳著常見的圓髻，半彎著身子站在她面前，撫了撫她的肩膀，皺著眉嘆道：「媳婦兒啊，咱家的日子愈發難了，有了上頓愁下頓，也不知訓兒到張家去借到了銀子沒有，不然家裡的米撐不了幾天了。」

天氣冷，她邊說話，邊往外噴著白白的霧氣。棠槿𡢃看得呆了，死人可噴不出這樣的白霧。

張家？借銀子？那不是去年十一月末的事嗎？

這事她記得很清楚，因為那天穆子訓非但沒有借到銀子，回來時還因踩到了一顆爛南瓜，在半路上摔了一大跤，把下巴都磕腫了。

棠槿嬗瞪大雙眼往四周看去，她現在坐在天井旁，右邊是繪著牡丹九魚圖的廳堂，左邊是剝了紅漆的木門，頭頂是淡藍的天空和灰黑的瓦檐，暖和的陽光照在她擱在大理石的腿上，烘得她膝蓋都有些微微發熱。

沒錯，她現在在穆家老宅子裡。

按婆婆適才所言，時間是春節還未至的十一月。

她真的重生了？

「槿嬗，我跟妳說話呢，妳怎麼一愣一愣的？」姚氏奇怪地看著她。

「婆婆……」槿嬗強忍著激動喚了姚氏一聲，悄悄地用力掐了自己大腿一把。

好痛，她能夠清楚地感覺到痛，她還活著。

真是太好了，雖然沒有重生在她未出嫁前，也沒有重生在她剛嫁給穆子訓、穆家仍家財萬貫時，但至少她還活著、婆婆也還活著，他們一家人還有這間可遮風擋雨的老宅子能住。

只要活著，就有希望呀！

她，棠槿嬗發誓——這一世絕不再重蹈前世的覆轍，她要努力活下去，讓全家人都活下去！

一早，天還有些昏暗，槿嬧已經起床了。

她穿了件月白緞衫，用竹簪把頭髮挽成髻後，就到廚房去，熟練地打開了蓋在米缸上的木蓋子，彎身伸手往底處一掏，便掏出了半把雜糧米。

她把米放到一個小盆子裡，站在窗口，藉著晨光，仔細地挑揀著混在米裡的沙粒。

穆家如今的條件，哪還吃得起精細的大米，能買到這種混著沙粒的雜糧米就不錯了。

挑久了米，槿嬧的眼睛有些發痠，抬起頭來，往窗口望去。

不遠處人家的柴房上飛上了一隻高冠紅毛金爪的大公雞，大公雞把頭一仰，雄赳赳地發出了嘹亮的雞鳴，這一叫，響天震地，估計方圓十里都聽得見。

接著，幾隻羽毛又灰又黃還帶著麻點的母雞飛到了牠身邊，但母雞不比公雞威風，雖然也扯起了嗓子用力地嚎著，但也只能發出「咯咯咯」的響聲。

看來那家的女人起得比她還要早，煙囪裡正規律地冒出陣陣白煙。

想當初，她也是十指不沾陽春水的「大小姐」、「少奶奶」，可自從搬到這兒來，什麼活都得親自動手，她的手指磨鈍了，手掌也長出了一層薄薄的繭子。

也幸虧她是看得開的性子，享得起福，也能吃苦，要不然，落到這種地步，早一頭吊死在梁上了。

撿完沙粒後，槿嫿把米淘洗了兩遍，便開始生火煮粥。這是用灰磚砌成的灶臺，有一大一小兩個口，大的上邊放著炒菜用的生鐵鍋，小的上邊也放著鍋，這鍋則是用來煮水熬粥的。

起火用的是曬乾的芒箕草，穆子訓特意到山上打的，一點就著，煙不大，氣味還有些好聞。

槿嫿用剛才淘過米的水洗了臉，又漱了漱口。做完這一切後，她蹲在灶旁，仔細著火候，順便攤出兩手把有些濕答答的手指烘乾。

不一會兒，穆子訓也醒了，槿嫿懷疑他是被公雞的叫聲吵醒的。

他昨天磕到了下巴，搽了藥酒，傷口變得又青又腫，讓人瞧著既好笑又心疼。

穆子訓身材頎長，長得跟她公公有些像，濃眉大眼，高鼻薄唇，雖不是特別英俊，但也很是耐看。

他揉了揉眼睛，有些睡眼惺忪地蹲在她身旁說：「娘子且休息，讓我來燒火吧。」

想到他從前做的那些糊塗事，槿嫿心裡就有氣，但縱使穆子訓千不好、萬不好，對她這個年少結髮妻還是很好的。

她嫁給他多年未有所出，幾年前婆婆就張羅著要給他納妾，可穆子訓拒絕了。他堅持說她還年輕，並不是不會生，只是之前小產過一回，身子還沒調理好，以後總會有孩子的。

還有一回，那是在穆家破產後，婆婆在穆子訓面前哀嘆家道中落，脫口而出說了句，該不會媳婦真是個掃把星云云。她當時就站在門外，聽到婆婆這麼說，心裡好不難受，因為外邊真的有不少人說她是掃把星，嫁到穆家沒兩年公公就去了，第七年，穆家就破產了，還把她父母早逝的事都扣在她頭上，說她剋父剋母剋公公，以後也必會剋死婆婆、剋死相公的。

她原以為穆子訓也會趁她不在眼前跟婆婆埋怨兩句，沒想到他立即嚴肅地跟她婆婆道：「娘妳別胡說，穆家會這樣全是兒子沒用，跟槿嫿有什麼關係？兒子如今窮了，她還願意跟著我，忙裡忙外的，這是打著燈籠也找不著的媳婦，妳以後不許再說這樣的話，更不許在她面前提什麼掃把星。」

婆婆被他這麼一說，不敢吭聲了，此後，也沒在她面前說過這類的話。

她當時站在門外，感動得眼淚直流。

這番重生後，她也有過離開穆子訓找個家境好點的男人再嫁的念頭，畢竟她還年輕，長得也算漂亮，誰知道她繼續留在他身邊，會不會又像上輩子那樣活活噎死呢？但只要想到這麼多年來他對她的好，她就不忍心離開他。「易求無價寶，難得有情郎」呀！

槿嫿見穆子訓蹲了下來，便往旁挪開了一點。

她抬手摸了下穆子訓的下巴，低聲道：「還疼嗎？」

「疼，娘子吹吹就不疼了。」

雖然他現在瘦了，穿著粗布麻衣，沒有以前那錦衣貂裘的風流公子哥兒模樣，但他上揚的唇角仍帶著幾分天真的孩子氣，這幾分孩子氣正是槿嫿喜歡的。

槿嫿笑了笑，嘟起嘴，真往他下巴吹了一口氣。

穆子訓閉上眼，親暱地拿鼻尖去碰她的鼻子。

槿嫿摸著他的臉道：「你呀！以後仔細著點，這麼大的人了，走路還跌下巴。」

穆子訓無奈又可憐地道：「誰知道那路上會有個那麼大的爛南瓜？我早上去的路上還沒有，回來的時候就沒怎麼注意，一腳便踩在上面了，偏那時有隻狗又跑出來凶叫了幾聲，我一緊張，便跌了。」

棠槿嫿聽著他的描述，想想那情景，忍不住又笑了起來。昨天他回來時，婆婆第一句話便是問他是不是踩到了屎。

笑歸笑，笑完後，槿嫿又苦口婆心地叮囑道：「那個張家，往後你別去了，便是見了那張大仁，也不必跟他說話，不是我小心眼，以前我們家有錢時，那些人整日裡和你稱兄道弟，不知道吃了你多少酒，花了你多少錢，如今倒好，個個翻臉不認人，連個銅板也不願拿出來，可見你以前那些掏心掏肺的都算不得什麼朋友。」

槿嫿見穆子訓沒有吭聲，知道他心裡也不大好受，便嘆了一口氣道：「家裡的米快沒了，我還有對珍珠耳墜，你喝完粥後，拿到誠記去當了。」

「那耳墜不是妳最喜歡的嗎？留著吧！錢，我再想想辦法。」穆子訓皺著眉道，雖然他暫時想不到更好的辦法。

當他還是個富少、富商時，走哪兒都是上請下迎，不像如今，別人見了他都跟避瘟一樣，真是不落魄不知人情冷暖。

「留著也不會戴了，東西放著不用就跟沒有一樣，不如拿去換錢。」槿嫿十分看得開地說著。「當了的錢，買些米和麵粉回來，天天喝稀粥也不是辦法，我以前見過別人用麵粉做烙餅，倒可以試試。對了，再去東市看看有沒有人賣小雞崽。」

「雞崽？」穆子訓睜大了眼睛，火光映在他的臉上，把他的臉映得發紅。

他以前可是鬥雞場上的好手，即使現在他被迫金盆洗手了，提到雞，腦海裡還是不由自主地浮現出了以往那段在鬥雞場上的崢嶸歲月。

「你想哪兒去了，我不是讓你把雞養大了，拿去跟人鬥。」槿嫿有些著急地道：「我是想著外院現在空著，正適合養些雞。你就買一隻公雞、四隻母雞回來，到時母雞下了蛋，我們可以自己吃，也可以攢著拿到集市上去賣掉。」

穆子訓覺得她說得很有道理，忙點了點頭。

槿嫿便起身回到房裡，找出了那對珍珠耳墜。

這珍珠耳墜陪了她好幾年，典當出去還真有些捨不得。不過她相信，總有一天她會把它贖回來的。

熬好粥後，槿嫿就去喊婆婆喝粥。

姚氏早起床了，只是在屋裡繡手帕，一直見不到人影。

她年輕時，繡活做得好，但也有十多年未拿過針線了，如今穆家敗落了，姚氏只得重新拿起了針線，想做些繡活貼補家用。

槿嫿見姚氏坐在窗下繡得仔細，輕聲地走過去道：「婆婆，先喝粥吧！以後等太陽升高了再繡，這樣不至於太傷眼睛。」

「我也才繡了一會兒。」姚氏說完起了身，在槿嫿的攙扶下往飯廳走去。

這粥跟前幾日一樣皆是稀稀的，配著一碗鹹菜和半碟花生，雖然吃得無滋無味，也不怎麼能充饑，但好過喝涼水。

說啥「由儉入奢易，由奢入儉難」，真到了三餐不濟的地步，人想要的不過只是吃飽肚子活下去。

穆子訓喝了兩碗粥，拿著槿嬨給的珍珠耳墜出去了，婆婆回屋繼續繡帕子。

槿嬨收拾好了碗筷，忙活了廚房裡的事後，坐在天井裡曬起了太陽。

四周很安靜，今天一點風都沒有，她不由得又回想起了上一世的事。

她出嫁時，她的娘告訴她要恪守婦道，要以夫為天，萬不可忤逆丈夫。這話，她到現在都還記得清清楚楚的。

嫁到穆家後，穆子訓對她好，她羅綺滿身，衣來伸手，飯來張口，又加上公公、婆婆好相處，日子過得說有多滋潤就有多滋潤，得閒的時間基本都在看戲、逛街、買胭脂水粉、描眉畫眼中度過。

所以她從沒關心過穆子訓在外邊都在做些什麼，也不知道穆家的生意如何了，偌大的家產，她用不著擔心。她出嫁時，舅媽還翹著拇指說她三輩子也吃喝不完。

如今想來，她是錯得離譜。穆子訓作為家中獨子，打小嬌生慣養，公公、婆婆又太溺愛他，什麼事都順著他。他之前是從不知什麼是人間疾苦的，又是一根筋的性子，遇見了大事便更沒有主意。

公公走得那麼急，穆子訓毫無準備便成了穆家的當家主人，他連帳本都看不懂，沒有學過一天如何做生意，突然間接收了那十八家鋪子，簡直就同一塊珍貴又易碎的琉璃盞落在了一個懵懂不知的孩子手上。

而她那時也有錯，不僅從沒想過要幫他，也沒有意識到自己也有責任要振興穆家，一心只以為嫁了人，這輩子也就這樣了，靠丈夫就行了。

直到穆子訓陸續投資失敗，各店掌櫃見異思遷，穆家商鋪越剩越少時，她還跟個傻子一樣繼續過著看戲逛街嗑瓜子的少奶奶生活。現在回想起這些，真是無知地想抽自己的嘴巴子。

如今已是十一月底了，很快的便要過年了，過了年就是元宵，然後正月裡過了，便到二月。

二月……

她心裡一動，二月！明年的二月底就是穆子訓把穆家老宅抵出去，他們被趕出宅子的時候呀！

這可是關係著她這一世生死的大事，她居然這會兒才想起來。

唉！她不應該讓穆子訓出門的，指不定他今天就在路上碰見了那騙子。

想到這，槿嬑一下子緊張了起來。她是重生了，但不知是不是重生的時間尚不久，她的記憶有些混亂。

她想不起來穆子訓是什麼時候遇見那個叫胡定仁的騙子的，也不清楚穆子訓是什麼時候拿了地契去和他簽約的。

她最怕的事不會已經發生了吧！

「啊——」槿嬨忍不住叫了起來。

婆婆聽到她的叫聲，緊張從屋裡走出來。「這……出什麼事了？是不是訓兒又怎麼了？」

「婆婆，相公有沒有跟妳說，他最近遇見了個叫胡定仁的人？」

「胡定仁是誰？這名字怎麼怪怪的？」

「是子訓以前的同窗。」她道。

沒錯，她想起來了，胡定仁是穆子訓以前在學堂讀書時的同窗，後來，胡定仁離鄉到外邊去了，這幾年來不知都做了些什麼。

今年他鐵定是回來了，而且利用同窗這一身分，把穆子訓哄得團團轉。

「同窗？子訓離開學堂多少年了，我哪還記得他的那些什麼同窗？」婆婆道，覺得槿嬨問得莫名其妙。

槿嬨覺得說了也是白說，不如直接去外頭把人找回來，免得他又上了那個胡定仁的當。

她這般想著，便提起裙子，心急火燎往外頭跑去了。

老宅離集市差不多半個時辰的腳程，穆子訓出門也快半個時辰了，槿嫿想著如果他沒有在路上碰見什麼人，走的又是這條常路的話，那她應會在半路上碰到他才是。

結果她跑了一路，並沒有看見穆子訓。

在街市上無頭蒼蠅一般尋了好一陣，才瞧見穆子訓和一個身材高大、相貌敦實，穿著荔枝紅道袍、頭上戴著貂鼠帽套的人正走出一家叫醉春風的酒樓。

穆子訓跟他站在一起，一窮一富，對比鮮明。

「子訓。」槿嫿趕緊喚著跑了過去。

「娘子，妳怎麼來了？」

怎麼來了？怕你再上當受騙才來的！

槿嫿沒有把這話說出口，喘了喘氣道：「我在家裡見相公這麼久還沒回來，怕相公出事了，所以來看看。」

「娘子，我出門也沒多久吧！而且我這麼大的人了，能出什麼事？」穆子訓有些哭笑不得地說。

那穿著荔枝紅道袍的男人聽了他們的對話，笑著作了一揖道：「原來是穆夫人呀！穆夫人跟子訓真是郎才女貌，天作之合。」

「這位是？」槿嫿微笑著問。她猜得沒錯的話，這人就是胡定仁。

果然，穆子訓笑著道：「這是胡定仁胡兄，為夫以前在學堂唸書時的同窗。」

胡定仁也笑著道：「一晃眼多少年了，那時子訓九歲，愚兄十一歲，下了課，我們常到後山去玩耍，有一回子訓頑皮捅了個馬蜂窩，還是愚兄讓你把衣服包在頭上，才不至於被盯得滿臉是包。」

「哈，有這回事，當時可真是多虧了胡兄。」穆子訓一下子陷入了回憶裡，哈哈笑道。

槿嫿見狀，心裡好不窩火，這個胡定仁真是太會裝了。

胡定仁又做出同情的樣子道：「真沒想到這些年子訓家裡會出這樣大的變故，不過愚兄相信這一切都是暫時的，子訓乃人中龍鳳，總有一天會否極泰來，飛黃騰達的。」

穆子訓聽到這話，更加感動了。如果槿嫿不是已提前知道這個胡定仁是什麼貨色，必定比穆子訓還要感動，畢竟穆家落難後，他們遭受了太多的指指點點、譏笑冷嘲，對他們說好話、鼓勵他們的人太少了。

「哎喲！時候不早了，愚兄還有事，得先走一步了，子訓如果有什麼困難，可來找我，下回見了子訓，愚兄再請子訓喝這醉春風最好的酒。」胡定仁熱情地說著。

穆子訓趕緊作揖送他。「愚弟先謝過胡兄了，胡兄慢走。」

槿嫿本想跟穆子訓說這胡定仁是個不懷好意的大騙子，但看情況，眼下她這般說了，穆子訓不但不會相信她，還會以為她腦子有毛病，以小人之心度君子之腹。所以，她只能把快到喉嚨的話先嚥回肚子。

「珍珠耳墜當了沒？」她道。

「當了，有三兩銀，剛想去買米，就碰見了胡兄。」穆子訓感動地嘆道：「胡兄真是個大好人，這麼多年沒見，看出我有困難，不但請我喝酒，還說要借錢給我。」

「借錢，他借錢給你了？」

「他要借的，但這……這麼多年沒見，我怎好一見面就拿人家的銀子？」

「便是你真要拿，胡定仁也不一定會給你，要真給了，也是放長線釣大魚。」這胡定仁假仁假義，人面獸心，當真不好對付。槿嫿在心裡說著，暗自發毛。

「娘子。」穆子訓喊了喊有些發愣的槿嫿，道：「我們一起去買米吧！買了米，再去買小雞崽，我剛才在酒樓上瞧見東邊那條街口，就有人在賣小雞崽。」

「嗯。」槿嫿點了點頭，隨他去了。

一個時辰後，他們便帶著一袋米、半袋麵粉、一小袋芝麻，還有五隻黃茸茸的小雞崽回到了家。

這些雞崽還小，怕冷，槿嫿便先把牠們養在廚房裡，拿些米糠粕去餵牠們，看見這些雞崽吃得歡，還不停地發出可愛稚嫩的「唧唧」聲，槿嬑心裡甭提有多高興了。

中午，她拿著麵粉試著烙了幾個芝麻餅，誰知，從沒烙過餅的她竟一次就成功了。婆婆和相公邊吃著餅邊說香，還誇她手藝好。她心裡美滋滋的，一下子覺得這日子也沒有多苦了，生活還是充滿希望的。

見婆婆跟相公吃得差不多了，槿嬑慢慢開口道：「婆婆、相公，有件事，我想問問你們的意思，我想著咱們可以把這宅子西邊的房間租出去。」

他們現在住的老宅雖跟以前住的穆府沒得比，但已比尋常人家住的大了許多。黑色的瓦、白色的牆、紅色的檀木，藍色的椽子已有些褪色，但因為之前公公在時常派人來打掃修葺，因此大體保存得還算完整。

進了掉了色的朱漆大門，便可看見由大理石鋪成的天井，兩旁角落放著盛水的大水缸，左右是寬闊的迴廊。

直對著大門的是正廳堂，正廳堂的門楣上掛著一塊匾，寫著龍飛鳳舞的四字：「世繼嘉風」，兩旁的柱上鑲嵌著一副對聯：「修身如執玉」、「積德勝遺金」。堂內的牆上另繪有一幅長壁畫，畫的是「牡丹九魚圖」，寓意繁榮昌盛，興旺發達，議事、宴客、祭祖之類的大事便在這地方進行。

大門兩旁是兩間對稱的下房，本意是一間做廚房，一間給下人住，緊挨著廚房和下人房的是兩間小房，通常給晚輩做居室，隔著迴廊，挨著正廳的大房，才是長輩住的地方。

穆家下人早給他們遣散了，槿嬑和穆子訓又沒有孩子，加上婆婆不過就三個人，西邊的屋子便一直空著。

槿嬑繼續道：「這麼大的宅子，一時半刻的，我們仨也住不下，空著也是可惜，租出去收些銀兩，還可貼補家用。」

這主意是她適才烙餅時想到的，她想著，如果宅子裡有了租客，那胡定仁想打宅子的主意就比較難了，穆子訓想把宅子抵出去時也得考慮下租客呀！

婆婆吞吞吐吐道：「要是被人知道我們穆家連老宅子都拿來出租了，豈不更讓人笑話？」

槿嬑見婆婆不大同意，但她知道她婆婆是個「出嫁從夫，夫死從子」的女人，決定權還是在穆子訓那兒的。

「兒子覺得這是個好主意。」穆子訓看著婆婆道：「人盡其才，物盡其用。租出去，宅子熱鬧些，有什麼事，也可幫襯著。」

槿嬑趕緊點頭道：「相公這句『人盡其才，物盡其用』，說得可真是太在理了。咱們雖租房子，但不能隨隨便便的人就租給他，得挑些可靠的租客。婆婆到時若覺得不好，那租這一回就不再租了。」
姚氏本就是個沒有主意的，見兒子和兒媳都這般說，哪還有什麼理由反對，便點頭道：「好。」
槿𡢃便著子訓到外邊打聽，如今這樣的屋子出租一個月要多少銀兩。
子訓打聽清楚後回來告訴她，這樣的屋子在別人那一個月最便宜的租金也要一兩。
槿𡢃想了想後道：「一個月一兩的話，一年就是十二兩。」
「是，娘子算得沒錯。」
「相公可知如今一畝田值多少錢？」
「如今田價賤，一畝田最多只值五兩銀。」穆子訓答道。
「如此，為妻有個主意。」
「娘子請說。」
「請相公在外貼個告示，就說咱家要把這西邊的屋子租出去，租期為一年，租金十兩銀，但這十兩銀得一次性付清。」槿𡢃見穆子訓有些不明白，繼續解釋道：「等拿到了這十兩租金，我們到附近買兩畝田地，種些糧食和蔬菜，就不怕一時沒有銀子使，連口糧都吃不起了。」
穆子訓尷尬地笑道：「可為夫沒種過田。」

不僅他沒有，槿嫿也是沒有的。他們以前過的都是茶來伸手、飯來張口的日子，不懂稼穡之事，也不懂稼穡之苦，所以他有些好奇槿嫿怎麼會想到種田的事去。

「有誰天生會種田的？不會咱就學著點，自己動手方能豐衣足食，不然，這樣下去，坐吃山空，我們還不都得餓死？」槿嫿說到這，從眼裡擠出了幾滴眼淚，可憐兮兮道：「我知道這有些為難相公，但這不是沒有辦法了嗎？」

穆子訓雖然還有些拉不下臉，但想想他現在又找不到正經活，也沒有本錢做生意，就算有本錢，他也不是那塊料，除了務農，暫時好像真的沒有別的生計了，只得抿了抿嘴，妥協道：「好，那就種田。」

又伸出手替槿嫿擦了擦眼角的淚道：「種田嘛！有力氣就行了，這有什麼難的，那些鄉下人都能做好的事，就不信我穆子訓做不好。娘子別擔心，再過幾個月，娘子就可以吃上為夫親自種的菜了。」

槿嫿這才笑了。「相公真好，相公放心，我和婆婆也會一起幫忙澆菜拔草的。」

穆子訓感慨地把她擁到懷裡道：「是我沒用，穆家在我手上落到這種地步，我真是……還好娘還在，娘子也對我不離不棄的，不然……」他怕是會忍不住一頭撞死在牆上。

「相公別再說這樣的話，為妻以前也不好，整日裡除了吃吃喝喝，從不知道要替相公、替穆家分擔些什麼。」槿嬞紅著眼笑道：「人生嘛！誰沒個起起落落的，我相信落到了極點，那往後的每一步都是上升。」

她安慰著穆子訓也安慰著自己。「老天爺也算有心，給我們留下了這間宅子，你、我，還有婆婆身子都好著，跟一些流離失所、無家可歸的人比起來，我們可真是強多了。」

「嗯。」穆子訓點點頭道：「我一定會好好努力，讓妳和娘重新過上好日子的。」

「嗯。」

不對，這話怎麼聽起來這麼耳熟？努力？往哪方面努力？她怎麼覺得上一世穆子訓把宅子抵出去前就跟她說過這樣的話？

槿嬞如此想著，心裡又難受起來了，那個胡定仁就是個災星、禍害，指不定哪一天趁她不注意時又找上子訓，到時再把子訓哄得團團轉，騙走了宅契，那她這輩子不是又完了？

不行，她得再想個辦法，讓子訓離那個胡定仁遠一些。

第二日，天濛濛亮，穆子訓在迷迷糊糊的睡夢中，先是聽到了大公雞的啼叫，大公雞的叫聲停了，緊接著耳旁便傳來了一陣哭聲。

他一個激靈睜開眼，看見槿嫿披著髮坐了起來，在他旁邊抹著眼淚。他有些不知所措道：「娘子，妳怎麼了？是不是哪裡不舒服，怎麼哭了？」

槿嫿撩了下鬢旁的頭髮道：「我作了個噩夢，夢見公公了。」

「啊，妳夢見爹了？爹是變成鬼嚇妳了，還是罵妳了？」

「你這個不正經的。」槿嫿瞪了他一眼。

「那妳怎麼哭了？我記得爹在世時對妳挺好的。」

「公公自然對我好，不對我好，他怎麼會給我託夢？」

「託夢？託的啥夢？」

她就等著他問這個問題，馬上嚴肅道：「公公在夢裡跟我說，過段時間那個叫胡定仁的會拉你入夥做什麼木材買賣，他要我轉告你萬不可答應，因為那是個陷阱。你要是答應了，不但會血本無歸，就連……就連命也會搭上去。」

穆子訓認真地聽完，忍不住笑了。「妳這作的什麼夢，胡兄是個老實人，不是騙子，而且他那天也沒跟我說過什麼買賣的事。」

「公公特意來託夢，豈會有假？」槿嫿見他不信，心裡一急，又假裝哭了起來。「我在夢裡也把這話跟你說了，結果你不信我，偏去信那個胡定仁，還把咱這宅子都抵出去，後來我們只能露宿街頭，我還活活餓死了……」

說起「餓死」這兩個字，槿嬙又想起了自己上一輩子臨死前的慘狀，假哭也變成了真哭。

「哎喲！娘子，妳怎麼盡作些不好的夢。」穆子訓拍了拍她的肩膀道：「一定是最近太累了，心神不寧的，才老作這種噩夢。」

槿嬙抬起頭，雙臂摟過他的脖子道：「你答應我，不管那個胡定仁怎麼說、怎麼哄，你都不許動了和他合夥做買賣的念頭。」

「我現在都這般窮了，胡兄如果要找人做買賣，絕不會找上我。」穆子訓覺得槿嬙簡直在無理取鬧。

「那難說，咱家這宅子可值錢了，反正你給我記住了，不管如何，都不許把宅子抵了賣了，要是他在你面前提買賣的事，哪怕只有一句、兩句的，也就證明公公這夢託得是在理的。」

穆子訓怕他不答應，槿嬙會不依不饒，趕緊點了下頭道：「得，我記住了。」

「你別嘴上隨口說說，一定得牢牢記在這兒。」槿嬙指著他的心口道。

她知道穆子訓不太信什麼「託夢」之說，但她話都說到這了，往後，只要胡定仁一開口跟他說有意合夥做買賣，穆子訓一定會不由自主地想起她剛才所說的話。這番巧合下去，就算他再認定胡定仁是個好人，也會忍不住有些疑慮的，她都有些佩服自己能想出這樣的辦法來。

「好，我記住了，現在可以睡覺了嗎？」

「睡吧。」槿嫿把他推倒在床上。

「娘子……」

槿嫿打下了他不安分的手，攏了攏頭髮道：「天亮了，我去熬粥烙餅。」

他們昨日才帶回一大袋米，今早的粥，她一定要熬得濃濃的、香香的，再烙幾個大大的芝麻餅，讓婆婆和相公都能吃個飽。

第二章

把珍珠耳墜當掉得到的三兩銀，買了米、麵粉、雞崽後，剩下的還能撐一段時間，只是眼瞅著年節快到了，今年的年貨還沒有著落，未免有些令人發愁。

別的不說，春聯、鞭炮、臘肉之類的總該要有吧！沒有這些，年過得沒有年味呀！那租賃的告示昨日貼出了，十二月裡，怕是沒有人會來租房。

思來想去，槿嫿決定再跑一趟娘舅家。

她娘本姓楊，娘舅是她娘的弟弟，叫楊士誠。楊家之前窮哇！她娘還活著時跟槿嫿說她小時候連件像樣的衣服都沒有，而且從來沒吃飽過，外公、外婆又偏心著舅舅，有啥都是先給舅舅。豈料舅舅長大後沒什麼出息，反倒是她娘命好，嫁給了她爹。

她爹是個做生意的好手，向來家道殷實，一次到她娘村子裡去辦事，恰好碰見她娘在溪邊浣衣，只一眼，他便看上了她娘，也不嫌棄她娘家裡窮，就那般三媒六證、八抬大轎的把她娶進門。

直到今日，那村子裡的人說起這事，都羨慕得不得了。

她曾經問過她爹，如何就看上她娘了？

她爹笑著道：「妳娘長得美。」

沒錯，方圓十里再沒有比娘好看的人了，哪怕是後來娘上了年紀，看起來也美。穆子訓也常說她好看，可她知道，比起她娘她還差得遠呢！

自從娘嫁給了爹後，真正是過上了好日子，一年後便生下了她。

她爹和她公公是好朋友，棠家辦滿月酒時，她公公和婆婆都來了，見了在襁褓裡的她長得玉雪可愛，便說要和她爹娘結成親家。

她爹覺得這是「親上加親」，哪有不答應的。所以她和穆子訓就訂下了娃娃親，穆子訓只大她兩歲。

她娘成了棠夫人後，原本正眼也不瞧她娘一眼的舅舅開始頻頻到棠家來走動。

她爹沒有兄弟，她娘又只有這麼一個弟弟，幫襯的事自然是少不了的。於是她舅靠著她爹，日子也越過越好，沒幾年還在城裡買了房子。

她爹死後，她娘帶著十一歲的她，無依無靠的，舅舅便建議她娘把所有的房產田地都變賣了，帶著女兒到他那兒去住。

她娘思來想去，便依了她舅舅的話。住在舅舅家的那幾年，直到她出嫁之前，舅舅一家人對她和她娘算好的，畢竟那段時間她和她娘住在他那兒，沒少給舅舅錢。

只是她嫁到穆家不到一年，她娘就去了，那時穆家如日中天，槿嬸雖然隱隱明白舅舅吞了她娘的遺產，但她當時不差錢，也沒想著要回來，公公更不會惦記那筆遺產了。

有次舅媽李氏來穆府看她，她隨口說起了她娘遺產的事，結果舅媽趕緊苦口婆心地解釋，說她娘留下的錢，她和她舅無意私吞，而是要幫她放著存著。因為她現在嫁到穆家了，是穆家的人，這筆錢現在給了她，便是進了穆家的口袋，萬一哪一天她和穆子訓感情不和，穆子訓要休了她，她爹和她娘都不在了，她能靠誰呢？如今有筆錢放在舅舅家，是他們心疼她這個沒爹沒娘的外甥女，給她留後路呢。

槿孀那時還不滿十五歲，雖然嫁了人，但心性跟孩子差不多，就那樣被舅媽哄住了。

日久天長的，她本已漸把這事忘了，是直到穆家衰敗了，她才又想起那筆錢，上門表明要拿回來應急的意思，可誰知舅舅和舅媽當時卻變了一張臉，說她娘死前哪有給她留什麼錢，便是那喪葬費還是他們出的，到現在還欠著幾十兩，他們不找槿孀要錢，槿孀就該偷笑了，還敢來跟他們要那子虛烏有的遺產?!

槿孀當時聽到他們這麼說，差點氣得吐血，舅舅、舅媽就這麼讓門房把她趕了出來，穆子訓見妻子受了這麼大的委屈，氣得上門和他們討要說法，結果也受到了她舅和門房的一頓辱打。

這是今年七月裡的事，這事之後，她算徹底看清了舅舅和舅媽的為人。

但這事就這樣算了嗎？她不甘心。

她得再去找他們。

這次她不直接找舅舅、舅媽，她找她外婆陳氏。陳氏已經六十八了，年紀大了，容易心軟。她要去外婆面前哭訴，邊哭邊喊她娘命苦，她不信她外婆受得住。

槿嫿打定了主意，卻沒把這事告訴穆子訓。她怕穆子訓不讓她去，便說謊她是要到市集上去逛逛。

穆子訓不疑有他，便讓她去了。

槿嫿出了門，便直往她舅舅家去。

她舅舅能有今日，全靠她爹當年扶持，便是他現在住的宅子，也是她爹花了大半的錢幫他購置的。誰知道這幫來幫去，沒幫出「親上加親」，卻幫出了個忘恩負義的「白眼狼」。

槿嫿遠遠瞧著舅舅家那座大宅子，心裡就一陣噁心。要是爹娘在天有靈，知道他們走後，舅舅這樣對他們的寶貝女兒，怕是會懊恨當年錯看了他。

陳氏住在宅子後院的屋子裡，後院處有個小門，於是槿嫿便直接往小門走去。

她站在門口透過門縫往裡邊看去，正巧見她外婆從門內走了出來。

陳氏身體還算硬朗，在屋子旁種了不少菜，還養了隻貓，現在那隻貓就懶懶地臥在一張四四方方的板凳上曬太陽。

「外婆。」槿嬧透過門縫喊她。「外婆，我是二丫！」

陳氏聽到了她的聲音，手腳索利地走了過來，隔著門道：「哎呀！二丫，妳怎麼到這兒來了？」

「二丫」是她娘給她取的乳名，她外婆一直都是這樣喊她的。

「外婆，二丫現在日子很難過，家裡都沒有吃的了，再過幾天二丫就要餓死了。」槿嬧可憐地道。

可陳氏不敢開門，嘆了一口氣道：「妳跟俺說這些有什麼用？都是那個穆子訓害的，那麼個大男人一點用都沒有。之前見到妳，俺就讓妳改嫁來著，妳偏不聽呀！妳自己想想，錢不好賺，兩條腿的男人還少嗎？就算去做妾，也好過跟著那穆破落戶。」

「外婆，天地良心，要是沒有我爹和我娘，妳和舅舅們有這樣的好日子過嗎？便是我嫁到了穆家，穆家還沒落難那幾年，先別說過年過節，就是平日裡何曾少了你們什麼？如今穆家落魄了，你們個個翻臉不認人就算了，舅舅跟舅媽怎可喪盡天良，把我娘留給我的財產都吞了？難不成見我這個唯一的外甥女餓死了，他們就安心了？」

「士誠他這事做得是有些過了，但俺有什麼辦法？俺年紀一大把了，已經管不動他了，妳舅媽又那麼潑，都敢給俺甩臉色，俺也難呀！」

「外婆，現在只有妳能救我了。妳想想我娘，我娘從小到大多乖、多聽妳的話，家裡的雜活累活都是她幫著妳幹的。妳有一回得了重病，舅舅他們都說治不好了，連棺材都給妳備下了，是我娘堅持要救，照顧了妳一個多月，妳才又活過來的。外婆，妳想想我娘呀！我娘只有我這麼一個女兒呀！她走了，妳就任由別人欺負她女兒嗎？外婆妳忍心嗎？」

陳氏聽到她這麼說，眼睛也有些紅了，轉身從屋裡拿出了一條手帕，包著三兩銀子從門縫底下塞出去道：「小丫，不是外婆狠心，連個門都不讓妳進。外婆老了，外婆沒有辦法了，妳拿著這三兩銀子去買些米麵，省著點吃用啊！以後莫再來找外婆，這三兩銀還是外婆偷偷省下的，要是被妳那潑皮舅媽知道了，會要俺的老命的，俺現在打她打不過，吵她也吵不過，士誠他個沒良心的，有了媳婦忘了娘。」

槿嬧猶豫了一會兒，接過了那三兩銀子。她不知道外婆說的是不是真的，因為在她的印象中外婆可厲害了，全家老小都被她拿捏著，舅媽根本就不是她的對手。

「娘，妳蹲在門口做什麼？」

她接過銀子剛站起，忽聽到裡邊傳來了舅舅的聲音。

「沒什麼，看見這兒有很多螞蟻，怕是白蟻把門蛀了。」她外婆答道。

「別看了，最近妳那兒媳婦整日裡吵著頭疼，妳以前不是跟我說過有哪個郎中治頭疼很厲害嗎？趕快告訴我，我好去請他來治治……」

槿嬧聽說話聲越來越近，知道舅舅往門邊走來了，怕她再待下去會被發現，連到手的三兩銀子都沒有了，便趕緊拿著錢跑了。

跑進了巷口後，一沒注意她迎頭撞上了一個人。

槿嬧撞到的不是別人，而是徐二娘。

徐二娘就住在離她舅舅家不遠的地方，家裡賣豆腐的，人稱徐豆腐西施。但她長得跟「西施」一點都不搭邊，長眉大嘴，臉上還有雀斑，都快四十歲的人了，還喜歡穿紅的，在臉上抹桃花色的胭脂。

槿嬧撞上了她，她開口便大罵。「死不長眼的，想撞死老娘嗎？」

「徐嬸子，當真是對不住。」槿嬧連忙道歉。

「喲！」徐二娘定睛一看，有些陰陽怪氣地道：「原來是穆少奶奶，真是太陽打西邊出來了，好久不見穆少奶奶，結果在這兒遇上了。」

見槿嬧沒有出聲，又道：「穆少奶奶是來找妳那狼心狗肺的舅舅和舅媽的吧？」

徐二娘跟槿嬧的舅舅和舅媽是有過節的，這事說來也有些年頭。

有一回槿嬧的舅媽李氏到徐二娘那兒買豆腐，回來後發現自己丟了五十文銅錢，李氏便懷疑是丟在了徐二娘的豆腐攤，被徐二娘撿去了。

李氏折回去跟徐二娘要錢，徐二娘說她根本就沒見到什麼五十文錢，還說李氏是想訛她的錢。

李氏聽到徐二娘這麼說，氣得頭髮都炸了，原本只是懷疑，直接變成了死咬徐二娘偷了她的錢不還。

兩人就那樣妳一句、我一言的，越吵越凶，越罵越狠，到最後都打了起來。

她們一打，她們的男人也來了，兩人本來想拉勸自己的老婆，結果圍觀的人一起鬨，他們非但沒勸好自家婆娘，反而也打了起來。

這事最後怎麼解決的槿爐不太記得，但她知道，這事之後徐二娘家和她舅舅家就結下了大梁子。她在她舅舅家住的那幾年，還常聽到舅媽說起這事，每說一次，舅媽都要把徐二娘的祖宗十八代罵上一遍。

有一回，徐二娘家養的狗跑到她舅家門口拉了一坨屎，她舅舅跟舅媽就不幹了，說是徐二娘指使她家的狗跑到他家來拉屎，嚷著要把她家的狗抓起來打死，還是她娘在一旁勸解，那條狗才保住了狗命。

她知道舅舅跟舅媽討厭徐二娘，可她跟徐二娘沒仇，她不討厭她。

而且徐二娘有個閨女叫秀娘，年紀比她小，長得又白又胖，一雙手刺起繡來，卻是比誰都巧，槿嫿很佩服她，見著了徐二娘，只要舅舅和舅媽不在一旁瞧著，她都願喊她一句徐嬸子。

徐二娘打量著槿嫿，忽大義凜然道：「穆少奶奶，妳舅舅和舅媽那一家子，良心都是餵了狗的，住在這附近的人誰不知道他們缺德？妳好好等著吧！人在做天在看，有他們天打雷劈的時候。」

槿嫿聽到她這麼說，心裡一暖，同時也有了個主意。

她向四周張望了一會兒，低聲對徐二娘道：「徐嬸子，我知道妳不僅人美心善，還是這世上最正義的人，就是從前，我也是站在妳這邊的。」

她說著拿出了外婆剛給她的三兩銀中的其中一兩，放到了徐二娘手裡。「有件事，我覺得只有徐嬸子才能幫我。」

「這……」

徐二娘看到銀子眼睛一亮，猶豫了半晌後，拽緊了銀子把槿嫿帶到了她家附近一個偏僻的角落裡，槿嫿便把心裡的打算都跟她說了。

徐二娘聽了後，點頭道：「這事說難不難，說容易也不容易，不過事在人為，穆少奶奶回去等消息便是。」

「那就全拜託徐嬸子了。」

「說好了，到時嬸子我可要三分。」

「一定，我跟秀娘以前情同姊妹，現在跟徐嬸子同仇敵愾，我們可是一條路上的，要是我敢在徐嬸子面前作假欺心，便讓我棠槿嫿死後……」

「別別別，徐嬸子我相信穆少奶奶，何苦發什麼誓？」徐二娘說著拍了下槿嫿的手，扭著腰回家去了。

槿嫿鬆了一口氣。

雖然她不確定這樣做有沒有用，也不敢十二分保證徐二娘就靠得住，但凡事總得去嘗試嘛！萬一成了呢？

槿嫿離開了舅舅家後，特意繞到了市集，買了一小袋麵粉和紅糖。

她是跟穆子訓說她去逛市集的，要是什麼都不買，他問起來不好交代，而且她還打算學著做紅糖饅頭呢！

上輩子她臨死前沒把那麥香饅頭吞下去，到底意難平。但麥饅頭，她是不敢再吃了，經過那一次，總有些陰影，她現在吃飯都細嚼慢嚥的。

紅糖饅頭不一樣，紅糖饅頭比麥饅頭香，而且紅糖對女人好呀！

以前穆府有個廚娘做的紅糖饅頭就特別好吃，她每隔一段時間就要吃她做的紅糖饅頭，只可惜，穆家敗了，廚娘也辭退了，她往後是再也吃不到那麼好吃的紅糖饅頭了吧。

「大姊，請教一下，這紅糖饅頭是怎麼個做法？」槿嫿付了錢後對米油店的老闆娘道。

「妳這又買麵粉、又買紅糖的，原來是想做饅頭，幸好妳問了，要不妳這饅頭可做不成。」老闆娘說著，從旁拿起了一小包麵引子道：「做饅頭光有麵粉和紅糖可不行，得下這個麵引子，做出來的饅頭才會蓬鬆香軟。」

「原來如此，那這些怎麼用？」

老闆娘便道：「妳呀，先把這麵引子拿溫水化開，然後加入麵粉和成麵團，再往這和好的麵上蓋一層棉布，放到太陽底下，直曬到這麵發起，滿過面盆，再加入紅糖水，重新揉均勻……」

槿嫿仔細地聽著，又問了好幾處細節，終是把做饅頭的方法給記下來了，對老闆娘道了好幾謝，才離開了米油店。

穆子訓在家裡見妻子出門許久沒回來，本打算出門去找她，結果剛出了大門，便見槿嫿提著麵粉和紅糖回來了。

「娘子，妳怎麼去了那麼久，我擔心死了。」

「我四處逛逛，買了東西，又向老闆娘請教了紅糖饅頭的做法，所以回來得便晚了。」槿嫿說著，又對穆子訓道：「你還怕你家娘子跑了不成？」

「娘子這麼漂亮，我能不怕嗎！」穆子訓說著接過了她手裡的東西。

「嘴真甜。」槿嫿高興地笑著，邊隨穆子訓走進了家門，邊問：「小雞崽可餵了？」

「餵了，那隻公雞吃得可厲害了，我看牠不像一隻普通雞，若好好培養，長大了，準能成為一隻好鬥雞。」穆子訓道。

「鬥雞？你不會還想重回鬥雞場吧。」槿嫿皮笑肉不笑地道。

古有歌謠：「生兒不用識文字，鬥雞走馬勝讀書。」穆子訓還是公子哥兒時就愛鬥雞，和她成了親後，有段時間也三天兩頭地往鬥雞場跑。

他在鬥雞這玩意兒上樂此不疲，那些年怕是花了沒有萬兩也有千金。

以前穆家有錢，她又是個只會點頭吃飯的乖順性子，由著他玩也就算了；可如今他要還敢沾那燒錢的玩意兒，她絕不會饒了他。

穆子訓見她變了臉色，趕緊道：「沒，我哪還有那種心情，我早在娘和妳面前發過誓，要洗心革面，以前那鬥雞走馬的事，我再也不做了。」

「不做就好，要是還敢……」槿嫿握起了拳頭警告道。

穆子訓用空著的一隻手，拿下了她的拳頭，小心翼翼道：「娘子！我覺得妳這兩天，好像……好像有些變了。」

他的娘子以前溫柔得跟水一樣，從不會在他面前掄拳頭。

「我哪兒變了？」

「這……」穆子訓不太敢說的樣子。

「你說。」

「說了怕妳生氣。」

槿嫿大大方方地道：「我不會生氣的，為妻的哪是那麼小氣的人。」

「女人的話靠不住。」穆子訓搖搖頭。

槿嫿咬著牙道：「你再不說，信不信我真生氣？」

穆子訓趕緊實話實說。「我覺得娘子變得心思多了，也變得……凶了些。」

是嗎？是又怎麼樣？死過一回的人了，還不能有些改變嗎？該死的穆子訓，不過說他兩句，居然就嫌她凶，她沒操起火夾子揍他一頓就算好的了。

「哼。」槿嫿氣呼呼地白了他一眼，搶過他手裡的麵粉和紅糖往廚房去了。

穆子訓暗自叫屈。「是誰說她不生氣的？」

都成親七年了，他家娘子居然還會變，當真是女人心海底針，永遠讓人捉摸不透。

直到夜深了，兩個人躺在床上都準備睡覺了，槿嬑居然還因為白天的事在和穆子訓生悶氣。

「娘子，十年修得同船渡，百年修得共枕眠，夫妻之間可沒有隔夜仇。」穆子訓在妻子耳旁呵著熱氣道。

槿嬑「嘻嘻」笑了兩聲，轉過身捧住了他的臉道：「相公，為妻覺得相公好有文化。」

穆子訓見槿嬑終於理他，還開口誇他，揚眉笑道：「那是，妳相公好歹讀了不少聖賢之書，是個正經八百的童生，有資格參加由省學政主持的院試成為秀才的。」

槿嬑拍著手崇拜地道：「相公好厲害。」

穆子訓驕傲地笑著。

「那相公後年就去參加院試，考個秀才回來給為妻看看吧。」槿嬑眨著眼道。

院試三年一次，上一次是在去年春。

「啊……」穆子訓沒想到槿嬑會有這麼個念頭，他已經有好多年沒讀書了。

當年他爹送他去讀書，也不是期待他這個兒子將來有一天能金榜題名出仕做官、光耀門楣，不過是希望他能多識字，將來便於打理生意。

很多人讀書是為了做官，做官的目的無非是賺更多的錢，而之前穆家已經很有錢，沒必要放著好好的生意不做，卻通過做官去謀財呀！

「啊什麼？難道相公會考不過別人？」槿爐把兩隻眼眨得像天上的星星一樣亮，邊揉著穆子訓的胸口邊嬌聲道。

「娘子，我已經好多年連書都沒摸過了。」穆子訓硬著頭皮道。

她當然知道他好多年沒讀書了，他如果有一直讀書，怎會做那種走馬鬥雞的事？怎會到今日還一事無成？

槿爐溫柔道：「為妻知道，但相公以前不是讀過書嗎？再撿起來應該不難。」

「娘子，讀書是很難的，要背的內容比天上的星星還多，而且考秀才是要花不少錢的。」穆子訓道。

「等我們的房子租出去，就有錢了。」

「那錢不是要拿來買田，給我種糧、種蔬菜的嗎？」

「為妻現在覺得買田不重要，送相公去讀書考秀才比較重要。」槿爐眯著眼笑道：「相公，你覺得呢？相公，相公……」

怎麼沒有回應？

槿爐睜開眼，卻見穆子訓拿被子蒙住了頭，在一旁裝起了睡。

「你……」槿爐伸出手本要打他，轉念一想穆子訓的確好多年沒唸書了，突然要求他去考秀才，實在是強人所難。

「唉！」她嘆了一口氣，滿懷心事地睡了。

年越來越近，年味也越來越濃。

集市上一眼望去，都是紅通通的一片，男女老少穿紅戴綠的，都挨著擠著置辦年貨。

平日裡鮮少見到的神馬、桃板、桃符、金銀紙、灶王爺都一一擺了出來，也有賣乾果、賣年畫、春聯、米麵、果品、酒肉，有鋪面的、沒鋪面的，擺攤的、沿街叫賣吆喝的，應有盡有，從街頭一直熱鬧到巷尾。

槿嫿就喜歡這熱鬧勁，雖然兜裡沒啥錢，有些東西看著好，買不起，但到這人海裡擠擠，四處看看，沾沾大家的喜慶，心裡也覺樂呵！

她挎著個舊竹籃，買了兩對紅燭，一疊金銀紙、半斤乾果、一副春聯、一張年畫，正要往回走，卻瞥見緊挨著一個賣小孩玩意兒的攤旁有個賣首飾的小攤子。

這個攤子雖小，賣的首飾遠瞅著卻很精緻。

槿嫿不自覺地走了過去，拿起了面前的一支玫瑰珠花簪道：「小哥，這個多少錢？」

「夫人好眼光，這個本來要七十文錢的，快過年了，圖個吉利，如果夫人要，六十六文便可，六六大順呀！」賣首飾的小販嘴甜舌滑地說著。

這樣的珠花簪，開價六十六文錢算物美價廉，要是往日，她不但會毫不猶豫地買下，還要多賞給賣首飾的小哥三十四文，好湊個整百。

但現在，槿嫿猶豫了。

她快速地在心裡算了下，六十六文錢至少可以買二十個雞蛋呢！用這二十多個雞蛋換根珠花簪，她怎麼就是下不了手。

「欸，妳買不買？不買的話，我可要了。」站在槿嫿旁邊的一個女人，見槿嫿穿得寒酸，問了價錢卻只顧拿著簪子發愣，料槿嫿是買不起，不屑地道。

那賣簪子的小哥急忙打起了圓場。「夫人如果一時間手頭有點緊，不如先給了這位大姊，我明日還在這兒擺攤呢！」

槿嫿只得訕訕地放下了簪子。

她以前珠翠滿頭，什麼樣的首飾沒有？可穆家一破落，她那些首飾都抵了出去。

快過年了，她穿不起新衣服，連支普通的珠花簪也買不起。本是早認清了現實的，也知道「今時不同往日」，但放下珠花簪後，看見那女人嘲諷的表情，她的鼻子還是忍不住發起了酸。

「這珠花簪是這位夫人先看上的，大姊怎可奪人所愛？」一隻修長白淨的手搶在那女人前拿起了珠花簪。

女人變了臉色本想開罵，抬頭見是一位溫雅白淨、臉上帶笑的公子，反而臉紅著提起籃子走了。

「宋承先。」槿嫿瞪大了眼睛，愣了半晌，才喊出了這個於她而言已有些陌生的名字。

宋承先付了錢，笑著把簪子遞到槿嫿手裡。「這個就算是我給槿嫿妹妹的見面禮了。」

宋承先曾和她是鄰居，那時槿嫿的爹還沒死，他們一家人還住在豐回鎮。

宋承先的家與槿嫿家只有一牆之隔，他爹也是個做買賣的。

她記得宋承先長她一歲，小時候特別愛哭，又因為他膚色白，小夥伴們都愛喊他「宋小娘子」。她那時雖小，但比一般小夥伴有正義感，因此從不當著宋承先的面喊他「宋小娘子」，只在背後喊。

在六歲前，每回玩過家家，宋承先都扮她的新娘，六歲後，他的個頭比她高了，便死活不願再扮新娘，槿嫿只得委屈自己把新郎的角色讓給他，自己扮新娘。

十一歲那年，她爹死了，她從來沒那麼傷心過，宋承先就天天陪著她，用盡各種辦法哄她高興。

後來，她娘把屋子賣了，帶著她住進了舅舅家，她便離開了豐回鎮，再沒回去過。

一晃眼，都快過去十年了，如果不是因為宋承先的五官和小時候沒多大變化，皮膚依舊白得像雪一樣，一時間她還真認不出他。

「真是沒想到會在這裡遇見宋大哥。」

宋承先喊她妹妹，於禮，她該喚他一聲「哥」。

「我也是，沒想到會在這兒遇見槿嫿妹妹。我出外好幾年，也就最近才回來。」宋承先道。

「原來如此，宋大哥跟小時候沒多大改變呢。」

「妳這話是在誇我還是在損我？」

「當然是誇你，放眼整條街也不見哪個男的長得比你白，我都有些羨慕你了。」槿嫿真心實意地說，哪有女人不喜歡自己的皮膚又白又嫩的，她現在每天忙裡忙外的，都曬黑了。

聽了槿嫿的話，宋承先嘴角微微抽搐，似是又想起了他小時候被人追著喊「宋小娘子」的不堪往事。

「你還住在豐回鎮嗎？」槿嫿道。

「豐回鎮的老宅還在，但現在回去得少，我爹在城東新開了一家藥材店，叫我好生打理著。」

「原來如此，伯父、伯母身子都還硬朗吧。」

「還不錯。」宋承先打量著槿嫿道：「槿嫿妹妹，妳過得好嗎？」

她現在穿著粗布麻衣，連支珠花簪都買不起，好得到哪裡去？可難得遇見故人，宋承先又好意問起，她怎麼能對他大吐苦水，便笑道：「還好。」

「那就好。」宋承先也笑了笑，把珠花簪塞到了她手裡。「見面禮，一定要收。」

槿嫿總覺不大好意思，正想著該如何推辭。

宋承先道：「我先行一步了，槿嫿妹妹如果有什麼事，可到城東的知安堂找我。」說完拱手一拜便走了。

槿嫿喊他不住，只得把珠花簪收進籃子裡，徑直回家去了。

穆子訓正挽著袖子拔宅子角落裡的草。

十二月了，各家各戶都忙著除塵打掃的事，以前穆家家大業大，這樣的雜活全交給下人去幹。

如今，他們是件件都得親力親為，穆子訓倒勤快，前天用木板給雞做了個窩，昨天陪她一塊兒清理柴房，今天又主動拔起了宅子角落裡的草。

「相公。」槿嬗喜歡他這勤快的樣子，喚他的聲音都溫柔了起來。

穆子訓擦了擦頭上的汗，趕緊站起，走上前來道：「娘子，妳回來了，集市上熱鬧嗎？」

「熱鬧得很，你看，我把紅燭、乾果之類的都買齊了，挑個吉日，我們一塊兒到廟裡去祈福，祈願王神保佑我們穆家闔家安康，事事順意。」

「啊！對，妳看我，都快把這麼重要的事給忘了，還好娘子記得。」穆子訓說著接過了槿嬗手中的籃子，殷勤道：「娘子，妳進去喝口水，先歇歇。」

「你也一塊兒歇歇。」槿嬗挽住了他的手，兩個人恩恩愛愛地往大門走去。

穆子訓忽瞥見了籃子底下的珠花簪，好奇地拿起簪子道：「這是娘子剛買的？」

槿嬗抿嘴一笑。「不，路上撿的，也不知道是誰掉的，算是我運氣好。」

她不是故意要撒謊，只是想著她若說實話，穆子訓心裡定會不高興。可若說是她買的，就算穆子訓不怪她亂花錢，婆婆也會多心，如此這般，不如直接撒謊說是撿的。

穆子訓不疑有他地把簪子放回了籃子裡。

兩人進了屋，正喝著水，門外閃過了一個人影。

胡定仁提著兩串臘肉、一壺酒出現在了門口，穆子訓趕緊放下水杯起身去迎他。

槿嫿在心裡暗暗不悅，她為了不讓穆子訓出去，成日裡讓他幫忙幹活，就怕他又遇見了胡定仁上當受騙，結果倒好，胡定仁自己找上門來了。

「胡兄，你怎麼來了？快裡邊坐。」穆子訓邊熱情地向胡定仁作揖，邊把他往屋裡請。

「這不快過年了。」胡定仁說著晃了晃手裡的臘肉和酒，笑道：「子訓這兒讓我好找。」

「胡兄來就來了，還帶什麼禮物？」

「要的要的，而且這也沒什麼。」胡定仁說著，已隨穆子訓進了屋。

「這太不好意思了，愚弟現在也沒有好禮可以回贈胡兄。」穆子訓訕訕笑道。

胡定仁把臘肉和酒放到了桌子上道：「子訓這麼說就太見外了，我們是什麼關係，還談回不回禮的。」

槿嫿明知胡定仁不安好心，但來者皆是客，太怠慢了也是不好的，便喚了聲「胡大哥」，添了個天青色的杯子。

胡定仁客氣地笑著，用力地解開了酒塞，在他和穆子訓面前的空杯滿上了酒，順便對槿嫿道：「夫人可要來一杯？」

「胡大哥客氣了，小妹不擅飲酒。」槿嫿說著，向穆子訓使了個眼色，十分識禮數地緩步退下了。

婆婆姚氏拿著塊抹布正在廚房裡擦灶臺，見槿嫿走了進來，好奇道：「我怎聽到外邊像有人來了？」

不怪姚氏好奇，自從穆家落難後，昔日裡那些趕著和穆家攀親結友的，沒一個再上門來，這穆家老宅素日裡能瞧見的只有她、婆婆和穆子訓，正是「錢聚如兄，錢散如奔」。

槿嫿低聲地對婆婆道：「是那個叫胡定仁的同窗。」

「這名字怪耳熟的。」

「我之前跟妳提過的。」槿嫿不僅把那個「公公託夢」的事跟穆子訓說了，也跟姚氏說了。

姚氏看著槿嫿別有深意的眼神，慢慢地也把那夢的內容記起來，扯了扯手裡的抹布，有些擔憂地道：「他不會真是要來騙咱子訓的吧？」

「誰知道呢！等人走了，我們再去問問子訓，看胡定仁說了啥。」槿嫿抿了抿嘴，從姚氏手裡拿過抹布道：「婆婆，妳先坐下休息休息，這些事讓我做就好。」

姚氏以前不知道，穆家落難後，一家人搬到了老宅裡，姚氏才發現，原來槿嫿是個十分勤快的媳婦。

沒有哪個婆婆不喜歡勤快的媳婦的，姚氏坐在一旁，看著手腳十分索利的槿嫿，心裡很是滿意，可轉念一想，這麼多年過去了，槿嫿還沒給穆家添個孫子，就算沒有孫子，孫女也行，可連孫女都沒有啊！

姚氏不禁又鬱悶了起來。

槿嫿把廚房拾掇了一遍，不久後，便聽見胡定仁告辭離開的聲音。

不等她出去問，穆子訓先跑進了廚房裡，瞪大眼叫道：「娘子，真是奇了！」

在槿嫿和姚氏緊張的注視下，穆子訓吞了吞口水道：「胡兄還真讓我跟他一起做買賣，而且做的不是別的買賣，正是木材上的。胡兄還說這買賣利潤高，穩賺不賠，他可以先替我出本金。」

「那你答應了？」槿嫿急問。

穆子訓搖頭。「沒有，我記起了妳說的那個夢，覺得太邪門了，不敢答應。」

「怎麼說話的，那不叫邪門，那是你爹顯靈，怕你著了別人的道，才特意給槿嫿託夢。」姚氏說著合起掌對著虛空喃喃道：「老頭子呀！你在天有靈，就再幫幫穆家，幫幫訓兒。」

「娘子，這世上怎麼會有這麼巧的事，胡兄他怎麼看都是好人。」穆子訓一臉雲裡霧裡的。

槿嫿心裡暗笑，抿唇道：「俗話說：知人知面不知心，畫形畫皮難畫骨。你與他多年未見，聽他說了幾句話，見他送了兩串臘肉，就把他當知己，怎知別人是不是放長線釣大魚？反正，這事你萬不可答應他。」

「對，你爹都託夢了，你不信你爹，反倒要去信別人嗎？」姚氏也在一旁幫腔，她一向很信這個。

穆子訓本來還下不定主意，見槿嫿和姚氏都這麼說了，只得點頭。「好，我聽爹的，以後不管胡兄怎麼說，我都不會答應的。」

槿嫿聽到這一句，長久以來懸在心口的一塊巨石總算是落了地。

這一日後，胡定仁又找了穆子訓兩回，穆子訓聽他說得天花亂墜的，很是心動，但想想那「託夢」的事，只得忍痛推掉了。

胡定仁見說不動他，漸漸不再上門。

此時，年尾也到了，家裡邊雖寒磣了些，但貼上紅對聯、年年有魚的年畫，再在大門口掛上一對紅燈籠，看著也是十分喜慶。

除夕夜，新舊交替之時，萬家齊放鞭炮，祈求新的一年順順利利。

在噼哩啪啦的鞭炮聲中，穆子訓擁住了槿嫿，在她耳旁大聲道：「娘子，新的一年，娘子有什麼心願？」

「我要賺錢，賺好多好多的錢！」槿嫿大聲嚷道：「相公，你有什麼願望？」

「我要重振穆家，讓娘子有好多好多錢可以花！」穆子訓亦大聲嚷道。

話音落，鞭炮聲也停了，空氣中瀰漫著一股濃濃的火藥味，迎風衝鼻而來，卻不讓人討厭。

槿嫿和穆子訓看著鋪了一地的豔紅鞭炮紙，開心地歡呼了起來，互相攙著手回屋裡去了。

元宵過了，天氣暖和了許多，原本才一丁點的小雞崽也長成了半大的雞。

今日太陽好得很，槿嫿打開了雞窩的大門，那四隻母雞和公雞便撒歡似地出了雞窩，在院子裡啄了好幾圈後，全攤開嫩黃的羽毛臥在地上曬太陽。

槿嫿晾了一盆衣服正要回屋去，一個聲音從背後傳來。「敢問嫂子，這裡的屋子是不是要出租？」

槿嫿回過頭，是個大約四十歲上下，穿著品色窄袖衫，相貌氣質十分端莊的夫人。

忙走過去，道了個萬福道：「是，夫人，那租賃的告示就是我家相公貼的。夫人是要租房子嗎？」

「對，我夫家姓張。」那女人道。

「張夫人，裡邊請。」槿嫿熱情地把她招呼進屋。

穆子訓不在，家裡只有她和婆婆。

姚氏見有人要來租房子，忙去盛熱水，好給客人沏淡茶。

槿嫿請張夫人坐下。

張夫人打量了一下四周，端莊地笑道：「是這樣的，我是松陽鎮的人，丈夫去得早，現膝下只有個十三歲的兒子。」

槿嫿聽她這麼說，想她應是守寡多年，心裡不禁有些敬佩。

「小犬明年春要參加院試。我帶他進了城，一是聽聞書山學館的李雲淨先生厲害，李先生今年恰好有開館講學，招的都是童生；二是想方便小犬應考。眼下還尋不到一個合適的落腳點，見嫂子妳這兒要出租，便特意來問問。」

「原是如此，不瞞張夫人，我家裡就只有我和相公、婆婆三人，年前想著西邊的屋子空著也是可惜，不如租出去，也不至於太冷清。」槿嫿說著接過了婆婆端過來的茶，呈到了張夫人面前。

姚氏亦坐下道：「令郎才十三歲便可參加院試，真真是了不起。」

「小犬自幼愛讀書，也是運氣好些，去歲參加童試，一下便通過了。」張夫人淡淡地說著，眼裡卻有藏不住的驕傲。

姚氏不由得想起了她的兒子穆子訓。

穆子訓通過童試時不過只比張夫人的兒子大兩歲，那時穆家有萬貫家財，他們夫妻倆想著讓兒子早日成家好接手家裡的生意，便把穆子訓從學堂裡叫了回來。

誰知她相公會去得那麼早，穆家又淪落到了這地步。

眼下聽張太太說她兒子要參加院考，姚氏心裡頗不是滋味——要是她的訓兒當年沒有離開學堂，繼續參加科考，今日就算不是個舉人，也應是個秀才。

又閒聊了一陣後，槿𡢃帶著張夫人細細地逛起了要出租的屋子。

這裡環境清雅，兩個大房間帶著一個小房間，一個月的租金平均下來還不到一兩。張夫人很是滿意，當下就交了五兩訂金。

槿𡢃對她這位租客也十分滿意，可謂一拍即合。

第三章

幾日後，張夫人便叫人收拾了家當搬了進來。

原來除了張夫人和她的兒子外，還有一個十來歲喚作阿來的小書僮。

張夫人住一間房，他的兒子和書僮住一間房，張夫人的兒子叫張學謹，年紀雖小，但一身文氣，讓人見了都不敢小覷。

槿嫿和穆子訓一早便過來幫忙，見夥計抬了兩口大箱子進了張學謹的房間，打開裡頭皆是各種各樣的書籍和文房四寶，一時間皆有些瞠目結舌。

槿嫿偷偷地用胳膊肘撞了下穆子訓的腰，穆子訓知道她是又生了讓他去考科舉的心，不動聲色地捏了下槿嫿的手，想把她的念想給捏掉。

他已經七、八年沒正經地唸過書了，那些一直在唸書的人，也有考個十幾二十回考到頭髮都白了還考不上秀才的。更何況，二十三歲的他和十三歲的張學謹一比，實在是太老了。

都這把年紀了，媳婦也娶了，哪還有什麼精力去讀書考秀才？

回了屋後，槿嫿欲言又止地看了看穆子訓，把那用紅紙包著的十兩銀子放到了桌上道：「相公，錢都在這兒，要怎麼花就由相公決定了。」

「說好買田的……」穆子訓眨了下眼，仔細地注意著槿嫿臉上表情的變化。

「那就買田吧！」槿嫿應著，半晌，又對穆子訓微微一笑。「聽聞這春耕都是在二月底就開始，咱們這田怎麼樣也得在三月前到手，這樣才能趕上耕種的好時節。」

「行，我明日就到外邊問問，看看這近處有誰家的田願意賣。」穆子訓鬆了一口氣道。

「這宅子旁還有塊地空著，我想著過幾日把它翻了，也好先種些菜。」

「這自然好，翻地的事就交給我吧。」穆子訓笑道。只要槿嫿不在他面前提考秀才的事，讓他做任何事他都願意。

槿嫿瞧了他這模樣，便知他心裡仍排斥考秀才的事。

她若這會兒勸他，怕他是要惱的，只好先把這念頭壓了下來。

二月初，穆子訓從一姓周的人家手裡買下了兩畝良田。

田買到手了，銀兩花出去了，穆子訓的心也踏實了。

他借了把鋤頭，開始翻宅子旁的空地，到底是新手，雖然有力氣拿得起鋤頭，但那地翻得十分不規整。

槿嫿和婆婆也是門外漢，隱隱覺得這地翻得不對勁，但也說不出個所以然來。

穆子訓接過了槿嫿遞來的一碗水一飲而盡，揮手摸了下額上的汗，又揚起鋤頭砸進了結實的泥土中。

鋤頭一勾，土塊便翻轉過來，露出了顯眼的黃。

張夫人被陣陣鋤地聲吸引過來，在一旁站了好一會兒後，實在是有些忍不住了，幽幽道：「穆東家以前沒翻過地吧！」

穆子訓聽到她這麼說，停下了翻地的動作，倚著鋤頭道：「不瞞張夫人，這還是平生第一次下田。」

張夫人搖了下頭，挽起袖子，走過去道：「這翻地是有講究的。」

穆子訓討教地把手裡的鋤頭遞給了張夫人，槿嫿和姚氏都不由得睜大了雙眼。

張夫人長得端莊雅致，天生一副「夫人」的模樣，平日見她，她要不是在織布、要不就是在繡花，難不成還會鋤地的事？

只見張夫人兩隻並不精壯的手穩妥地接過了穆子訓遞過來的鋤頭，她往地裡一踏，邊揚鋤往土裡勾去，邊細心說明。

「這鋤頭入了土後，要把力氣往前頭使，然後借勁把土翻出來，這裡的土之前沒種過莊稼，土質結實得很，你看，翻出來的土都是一整塊一整塊的，這怎麼種得了莊稼？所以，穆東家每翻出一塊土，最好順勢把它敲碎了，不然，等要種莊稼時，又得再費一番工夫了。」

張夫人說著提鋤一敲，剛才還成塊的泥土霎時崩碎。

穆子訓恍然大悟地點了點頭，心裡暗暗佩服，他以為種菜是件很容易的事，有力氣就行，沒承想還有這麼多門道。

「還有，這四邊也得壟好土，那樣澆水時，水沒那麼容易流失，看著也好看。」張夫人邊說邊示範，就像先生給學生講課一般認真。

穆子訓連連點頭。「多謝張夫人指教，不然晚輩一時半刻還真只會蠻幹。」

「這沒啥，凡事做多了自然就曉得了。我在鄉下時，沒少幹農活。」張夫人說著把鋤頭交還給穆子訓，微微喘著氣道：「穆東家是要在這種菜？」

「是！覺得空著可惜，不若種些菜。」穆子訓說著抬眼往槿嫿那兒瞟去。

槿嫿向前一步道：「張夫人若有需要，也可在旁另闢一塊菜地。」

「那就多謝穆東家和穆娘子了。」

「張夫人客氣了，到時還得請教夫人該如何把菜種好呢！」槿嫿笑道。

「都是小事，談不上什麼請教，你們儘管來問。」張夫人爽快地應著。

得了她的指導後，穆子訓再翻地時便得心應手了許多。

兩個時辰後，穆子訓鋤下的空地終於有了菜圃的雛形。

勞動使人快樂，看著自己翻出來的地，穆子訓臉上露出了十分興奮的笑。

放下鋤頭後，他便和槿嫿還有姚氏商量要在地裡種些什麼。三個人討論了一通後，決定種些應季的白菜和茼蒿。

第二日，穆子訓醒得比槿嫿還早，昨晚他在睡覺前便打定主意今日要早起到集市上買些白菜和茼蒿的菜籽。

哪知，他醒來，一翻身，便覺全身都不對勁。

「哎喲！」穆子訓可憐地叫了出來。

「怎麼了？」槿嫿早被他吵醒了，見他叫嚷，有些緊張地道。

「娘子，我的手、我的腰、我的腿都疼得很。」穆子訓坐了起來，揉著肩膀愁眉苦臉地說。

「好端端的，怎麼會發疼呢！」槿嫿說著便去按他的腰。

穆子訓眉頭一鎖，叫了聲「疼」。

槿嫿瞧著他這模樣，這才慢慢想起他昨天翻了一個下午的地。

穆子訓以前養尊處優的，搬到這兒來之後也沒幹多少力氣活，昨兒翻了一下午的地，身上的筋肉肯定是吃不消。

槿嫿忍不住笑了，替他捏了捏肩膀道：「又不是什麼大不了的事，過幾日便好了，虧你還嚷嚷，不怕人笑話。」

「在娘子面前有啥不能嚷嚷的，我不怕娘子笑話。」穆子訓說著把整個人都靠在了槿嫿身上。「娘子捏得我好舒服，幫我把全身都捏一遍。」

「自己捏去！」槿嫿一把推開了他，但到底是有些心疼，又摸了摸他的臉道：「你今日先在家裡好好歇歇，買菜籽、下菜籽的事交給我。」

這兩件事都不用使什麼勁，穆子訓便放心地交給槿嫿了。

天有些陰沈沈的，欲雨未雨。

姚氏見槿嫿要出門買菜籽，忙遞給了她一把舊油紙傘。「不怕一萬就怕萬一，還是備著好。」

槿嫿點頭接過，信步往外走去。

驚蟄過了，萬物復甦，道上的野草都一改冬時的舊裝，綠得有些晃人的眼。

垂柳也抽新芽了，這種形態嫵媚的樹，一綠起來，比別的樹好看。幾個小孩正趴在柳樹下觀看螞蟻搬家，這支螞蟻隊伍可謂浩浩蕩蕩，槿嫿遠遠地便能瞧見牠們在地上畫出了好長一道線。

俗話說「螞蟻搬家蛇過道，明日必有大雨到」，看來這場雨是避免不了的，但不一定是今天，或許是明天。

槿爐加快了腳步往集市走去。

這種沒有太陽的天氣，集市上也顯得比平時冷清。

槿爐徑直走到賣菜籽的小販攤前，要了一包白菜的種籽和茼蒿的種籽。小販索利地把菜籽包好，槿爐付了五文錢往回走，路過一個茶攤前，有幾個人聚著在說閒話。

「聽說楊士誠的婆娘膽子都快要嚇破了。」

「怎不請個法師驅驅邪？」

「請了，可那鬼厲害呀！法師一來就不見了蹤影，法師一走又現了身，貼了一門的黃符都不頂用。」

「聽說是那兩口子活該，吞了不該吞的錢……」

槿爐依稀聽到，臉上露出了一絲暗暗的笑意。

徐二娘果真挺有辦法的！這樣下去，不用多久，她舅舅應該就會上門來找她了吧。

槿爐把菜籽放進了兜裡，沒走幾步，天空飄起了毛毛雨。

街上多的是沒有帶傘的行人，見開始下雨了，都慌忙地跑到簷下、樹下去避雨。一個賣乾果的老人有些手忙腳亂地扯著一塊油布去遮攤上的乾果。

這些乾果一旦淋了雨，可是全都會壞掉的，老人心裡著急，但他年紀大了，手腳不太索利，好不容易把一邊遮住了，剛走到另一邊，風一吹，又把剛才蓋住的油布揚了起來，露出了好大一角。

槿爐趕緊撐著傘跑了過去，幫他把油布扯好。弄好了一切後，槿爐又把賣乾果的老人送到了一處簷下避雨。

「多謝這位小娘子，小娘子真是大好人。」老人搓著兩隻粗糙的手，感激地對槿爐道。

「舉手之勞而已。」槿爐謙虛地說著。

還好她聽了婆婆的話，把傘帶上了，要不然都不知這雨什麼時候停。

她向老人笑了笑，撐著傘走出簷下準備回家。

身後傳來了幾聲悶悶的咳嗽，眼前如煙似霧的雨讓遠處楊柳的顏色都淡了，她忽想起，自己前世是在柳樹飄絮時流落到破廟的，也是在柳樹飄絮時噎死的。

死前，她染上了風寒，反覆發熱。而那時，除了她外，城裡還有許多人也出現和她一樣的癥狀。

這種風寒說嚴重不嚴重，說不嚴重也算嚴重。染上的人起初全身無力，畏冷流涕，後來便是咳嗽，大部分還會全身發熱。

有些人不須喝藥，多喝熱水，臥床休息十來日也就好了，有些人卻是十天半個月也不見好，而且越往後咳得越厲害，身子也跟著咳虛了。

城裡有個名大夫說這是風邪，用連翹煎水喝能夠防治。

大家聽說後紛紛湧入藥鋪買連翹，買到連翹一度缺貨，連翹的身價也一日比一日水漲船高，從一兩十八文直漲到了一兩三十八文，最後更是翻倍的漲。

槿嫿想到這，下意識地往旁邊的一間小藥店瞧去。

她想買些連翹備著，摸了摸錢袋卻只剩七文錢，七文錢頂多買些連翹渣子。嘆了一口氣，只得先回家了。

回家後不久，雨倒停了。

昨日新翻的土變得更加鬆軟，空氣裡好一股泥土味。槿嫿拿了把小耙子把土面整平，撒下了細碎的種籽。

剛好下過雨，澆水的工夫都免了。

撒完種籽後，槿嫿走向天井洗手，洗鞋底黏上的泥巴。

此時張學謹房間的窗半開著，裡頭傳來了朗朗的讀書聲。雖不知他唸的是什麼，但槿嫿覺得他唸書的聲音怪好聽的，有點像唱歌。

槿嫿也唸過書，但不過就三、四年時間，認得一些字罷了。

聽著張學謹讀書，槿嫿又有了讓穆子訓考科舉的念頭，「萬般皆下品，唯有讀書高」，穆子訓若能考上秀才，那他們穆家也算否極泰來了。

秀才功名雖低些，但強過童生，見了知縣不必下跪，還可免除徭役，要是成了一等的秀才——廩生，每個月還能從公家那裡領到糧食。

對於許多家境不好的人來說，考上秀才就同脫胎換骨一般，若非如此，千萬士子也不願十年如一日地寒窗苦讀。

槿嫿正走神中，穆子訓走了過來喚了她一聲「娘子」。

槿嫿往張學謹屋子的方向努了努嘴，穆子訓安靜下來，聽了好一會兒，低聲對槿嫿道：「這是《中庸》裡的文章，妳相公以前唸得可比他好。」

「我自嫁給了你，就沒聽你唸過書，等哪天有空了，可得好好唸給我聽。」槿嫿道。

穆子訓生怕著了槿嫿的道一樣，訕訕笑著不敢接話。

槿嫿拍了拍手，把手上的水拍乾，在穆子訓手臂上輕輕一掐，笑著往廚房去了。

這陣子又下了好幾回雨，充沛的雨水滋潤著萬物，到處綠意盎然，生機勃勃。田裡的土愈發鬆軟，布穀鳥開始整日整日的叫喚，催促著人們耕種。

二月末，農民都開始忙活起來。

槿嫿一直惦記著那兩畝田，便提醒穆子訓去耕種。

耕田可比種菜難，穆子訓吸取了上回翻地的教訓，一早喝完粥後，便到田邊去觀察別人如何耕田。

到了中午，穆子訓頂著太陽回來了，他的褲管上和袖上沾了不少泥巴，臉曬得通紅。

喝了一碗槿嫿遞過來的水後，他坐在一張太師椅上，吸了一口氣道：「我可瞧清楚了，耕田光是人不行，還得有頭牛。」

「牛？」姚氏挑眉道。她出生於富庶之家，生來就是大小姐的命，大門不出，二門不邁的，嫁給了穆子訓的爹後，也幾乎沒離開過穆家的深門大院，對於耕種的事比穆子訓和槿嫿更一竅不通。

「對，套著犁鏵的牛，人在後面趕，牛在前面走。」穆子訓比劃著道。

「這……咱家沒有牛。」姚氏思忖了一會兒道：「買一頭？」

「婆婆，一頭牛可貴了，咱們現在買不起。」槿嫿尷尬地笑著提醒。

「好不容易買到的地，荒了可惜。」姚氏嘆著氣道。

槿嫿想了想道：「相公，你去問問，這牛有沒有人家願意借的，咱們可以出些租金，等田耕好了，再還給人家。」

穆子訓搔了一下頭，恍然道：「啊，這事我怎麼沒想到，好，我吃了午飯就到外邊問問。」

「不急，明日再問也不遲。」

穆子訓於是第二日才出門去借牛。

正值耕種的時節，大部分人家裡的牛都不得閒，而且有些人也不願把自家的牛借人。

穆子訓問了一大圈，臨近午飯時間，終於有一戶姓黃的人家願意把家裡的水牛借給他。

姓黃的這戶人家，當家的是個五十來歲的老倌，他坐在院子裡，和他的婆娘一塊兒剝豆。黃老倌邊剝著豆，邊和穆子訓談好，牛得後天才有空，他也不收租金，只要求穆子訓把水牛餵飽了，犁好田再送回來就好。

穆子訓聽到他這麼說，感動得差點熱淚盈眶，連連作揖感謝。

黃老倌皺了皺兩道有些稀疏的眉問：「你不認得我了？」

穆子訓沒想到他會有此一問，認真地打量起了他，搖了搖頭道：「恕晚輩眼拙。」

「我跟你爹穆里候小時候就認識，還曾經一起去河裡摸過幾回蝦。你還只會尿褲子時，我去過你家一回。」

尿褲子？那麼小的時候的事，他怎記得。

「那年收成不太好，家裡的娃餓得都哭不出淚了，我只得去跟你爹借錢。你爹他給了我八兩銀子，聽著是給，不是借。」

「是是。」穆子訓感覺黃老倌像怕他要那八兩銀子，連聲說道。

他爹雖為富，但不會不仁，重利，卻也不忘義。生前一些窮親戚、窮朋友找上門來，想借些錢周轉、度過難關的，他爹甚少會拒絕。

這種錢與其說是「借」，不如說是「送」，因為都是一些小錢，別人若願意還就收，不願意還，他穆家也從不去討。

穆子訓接手了家業後，也學他爹仗義疏財，出資鋪橋修路更是常事，可哪知世道如此艱難。

穆家一落難，那些拿過穆家好處的人幾乎都翻臉不認人，錢收不回是一回事，那些人的忘恩負義才是最令人寒心的。

黃老倌伸出一隻粗實的手，抓起了一大把豆，用黃紙包好，遞到穆子訓面前道：「拿回去炒著吃。」

「這怎麼好意思？」穆子訓擺手推辭道。

黃老倌皺了皺眉頭。「你爹在時，你穆家是何等風光，何等家大業大，莫說一頭水牛，就是千頭萬頭水牛也買得起、養得起，你都要向老倌我借水牛了，還有啥不好意思的？」

「哎！你這死老頭子，不說話沒人當你死了。」黃老倌的婆娘趕緊瞪了他一眼。

穆子訓知道黃老倌說這話不是故意奚落他，只是恨鐵不成鋼，倒沒生氣。

黃老倌被婆娘一罵，搖了一下頭，把豆塞到穆子訓手裡道：「後天記得來牽牛。」

穆子訓抿了抿嘴，還想說些什麼，可一時間又不知能說什麼，只得緊了緊手中的豆，轉身回家去了。

臨近中午，槿嫿開始起火做飯，飯煮熟了，穆子訓卻遲遲沒回來，她心裡有些著急，便跟婆婆說她到外邊去看看。

剛走到天井處，穆子訓便直直地從正門進來了。

「相公，你可算回來了，我和娘都在等你吃飯。」槿嫿說著，發現穆子訓手裡拿著好大一包豆子，驚喜地問：「這是誰給的豆？」

「住在南巷口，一個姓黃的老倌給的。」

「你認識他？」

「嗯。」穆子訓有些失神地應了一聲。

槿嬧卻沒注意到他的失神，摸了摸紙包裡的豆道：「真不錯，這些豆又新鮮、又飽滿，中午先炒些來吃，晚上還可以煮成豆飯。」

槿嬧說著拿過豆往廚房方向去，沒走幾步，似才想起了什麼，回頭對穆子訓道：「沒借到牛嗎？」

「借到了，黃老倌讓我後天去牽牛，他也不收租金，只讓我們把牛餵飽，耕完田還他。」穆子訓答道。

「那可真好，牛都借到了，你怎麼不大高興？」槿嬧看著穆子訓有氣無力的樣子，不解地說。

「沒什麼，跑了一上午有些累了。」

「那相公先好好休息，等豆子炒好了，我再叫相公吃飯。」槿嬧雖然察覺穆子訓心裡藏著事，可眼下，她覺得炒豆子比較重要。

穆子訓逕自走到廳堂，扶著太師椅坐下。

唉！也不知怎麼的，他老是忘不了黃老倌的模樣還有他說的話，一想起他說的話，他又忍不住想起他爹穆里候。

他跟他爹真的是沒得比，要是他爹還活著，見到他現在這模樣，怕是也要活活氣死。

他也想振興穆家，可他不清楚自己能做些什麼？又該怎麼做？

從小到大，他的人生大事，讀書、休學、娶媳婦、接管家業，都是按著爹的安排去完成的。

他爹去世時，他虛歲十八。他覺得自己還是個孩子，他爹和他娘也一直拿他當孩子。

結果他爹一走，所有人都要他做大人，還要做跟他爹一樣的大人。

他茫然不知所措。

他生來就不是個有主意的人。他需要別人給他鋪好路，他按著那鋪好的路往下走就是，可他爹一死，再沒人給他鋪路了，所以他心裡惶然得很。

這是他的心事，也是他的煩惱，但他沒法跟任何人說，也從沒在別人面前提起過。

就算是槿嫿，他也很難跟她說……

第三天。

一早，沒什麼太陽，是穆子訓到黃老倌家牽牛的日子。

他穿了褐色的短打、黑色的褲子，頭上還戴了一頂有些發黑的草帽。

前兩日太陽毒，今早雖然沒太陽，可難保臨近中午太陽不會曬起來，所以，猶豫了一番後，他還是把草帽戴上了。

進了院子，穆子訓便見黃老倌牽著牛在等著他。

這是一頭特別健壯的大水牛，毛色黃灰，全身的肌腱發達有力，兩隻牛角彎如鐮刀。

穆子訓往牠旁邊一站，覺得自己整個人都小了。

大水牛見了他這個生人，鼻子裡發出了不太友好的哼聲。

黃老倌拍了拍水牛的背，把鞭子和一套犁鏵遞到穆子訓手裡道：「幾畝田來著？」

「就兩畝。」穆子訓拿過鞭子，吃力地揹住犁鏵應道。

「不多，我這牛是老手，兩畝田只須半日肯定就給你整好了。」黃老倌說著，又有些懷疑地瞟了眼穆子訓。「你會使犁鏵嗎？」

他那天到田裡去，跟別人請教過怎麼驅牛使犁鏵，也在一旁看了許久，他認為自己已摸清了其中的門道，點了點頭道：「我曉得。」

「曉得就好。」黃老倌笑了笑，露出了憨厚一笑，十分放心地把牛交給了穆子訓。

穆子訓便拽緊繩子，牽著牛離開了黃老倌家往田裡去。

遠處青山連綿，山腳下是一大塊一大塊的水田，有些水田已種上了齊齊整整的稻苗，有些水田遠看著也是嫩綠一片，走近一看田裡長的全是雜草。

穆子訓沿著有些狹窄的田埂，一步一個腳印地牽著水牛往自家水田走去。

他舉目四望，發現今天這個時候在田間勞作的人比之前少了許多，或許是因為天氣的緣故。

穆子訓摘下草帽，挽起袖子，脫下布鞋，便牽著牛下地了。

田水微涼沒過腳踝，激得他打了下冷顫，腳下的泥土是又軟又滑，踩得他腳心發癢。

「喲！」他吆喝了一聲，扯了扯繩子，水牛才慢悠悠地邁著四蹄走到了田裡。可站到了田裡後水牛又不動了，只晃了晃兩彎鋒利的牛角，用又大又鼓的眼睛懶懶地瞧了他一眼。

穆子訓從牠的眼裡瞧到了些許不屑。心裡納悶了，這畜生難道也瞧不起他？不，牛就是牛，又不是人，怎會瞧不起人！

他在心裡嘀咕了一會兒，像黃老倌一樣拍了拍水牛緊實的背，殷勤地道：「牛大哥，我頭一回下地耕田，若有做不對的地方，你多擔待。」

「哞。」牛低低地叫著，似在回應他的話。

穆子訓放心地笑了，給牛套上了牛軛。

他蹚著水走到了牛身後，扶起鐵犁，準備開始犁田。

他請教過的那個老農告訴他，犁田有順犁和反犁兩種方法，他當時記得可清楚了，可眼下拿起了犁，要正式開犁了，他卻發現自己的手腳完全不聽使喚，不僅他的手腳不聽使喚，那頭水牛也不願聽他的使喚。

「駕！」他揮了下鞭子。

牛還是巋然不動。

「駕！」他又大聲吆喝。

水牛終於動了。

穆子訓鬆了一口氣，緊握住犁把，隨著牛的步伐往前駛去。

「嘩！」犁鏵自水中拖過，劃出了一道泥濘的痕。

穆子訓正嘗試著適應牛的步伐，犁尖卻緊扎進土裡，犁不動了，牛也不動了，穆子訓一下子沒了主意。

愣了許久後，他才丟下了犁把，蹲下來察看。

犁尖入了土，連影子都瞧不到了，看來只能動手挖了。

穆子訓高高地挽起袖子，往水田深處挖去，濺起的泥巴跳到了他的臉上、唇上、睫毛上，他的右眼被遮住了，眼前一片模糊。

穆子訓舉起手想擦，卻發現自己手上滿是淤泥，下意識地扭過頭，往肩膀處衣服蹭了蹭，這一蹭，右眼睫毛上的泥點被蹭開了，他的眼睛是舒服了，可他也嚇了一大跳。

一隻烏黑的螞蝗不知何時巴到了他的手臂上，正勾著頭往他的肉裡吸血，整個滑溜溜的身子是吸得又肥又圓，黑裡帶紅。

「啊……」

他以前聽人說起過這東西，光是聽他就覺得毛骨悚然，何況是這樣的親密接觸。

穆子訓登時臉都白了，忍著噁心捏住了螞蝗冷滑的身子，想把牠從肉裡扯出來。

可這一扯非但沒有把螞蝗扯出來，反而讓螞蝗咬得更緊，身子像皮筋一樣拉得更長。

穆子訓噁心之餘，靈光乍現，趕緊往手臂猛吐口水。

螞蝗受不了口水，終於鬆了口。

穆子訓觸火一樣把牠丟到了田壟上，大嚷一聲，搬起一塊拳頭大的石頭便往螞蝗身上砸去，田壟上瞬間濺出了一灘血。

「娘的，這可都是老子的血！」穆子訓忍不住罵了一句粗話，見自己的手臂上仍血流不止，趕緊又吐了吐口水往傷口上抹去。

他的嘴乾了，氣力弱了，心態也崩了。

他站在水田邊，總覺得水田裡到處都是螞蝗，他的背，他的手，他的腿，在他看不見的地方，都巴著又肥又長、黑裡透紅的吸血鬼——螞蝗。

去他娘的螞蝗！去他娘的犁田！

當農民太難了！

犁田太難了！他不想犁田了！

他恨，他後悔！他為什麼要辛辛苦苦地借這頭大水牛來犁田！

他會個屁呀！他穆子訓就是個水田裡的二百五！

可犁尖還陷在土裡呢！

這頭牛、這套犁鏵，都是黃老倌好心借給他的，丟不得、壞不得。

穆子訓這般想著，只得硬著頭皮跑回了水田，蹲下去繼續往泥土裡挖犁尖，也不知過了多久，費了好大的一番勁後，他終於把犁尖從淤泥裡拔了出來。

他嘿嘿地笑了，卻發現自己背上一片濕。

見鬼了！下雨了。

真是出師不利！

穆子訓抬起頭來，往四周望了望，發現不久前還在田裡勞動的人都已走得差不多了，空盪盪的水田裡只剩下他。

山裡傳來了杜鵑鳥古怪淒厲的叫聲，穆子訓想起了「杜鵑啼血」的典故，頓生起一種前所未有的孤獨感與恐懼感。

他趕緊跳上了田壟，抬起濕答答沾著泥巴的腳往褲子上蹭了蹭，便套上了布鞋，戴上草帽，準備趕牛回家。

誰知那水牛在這關鍵時刻又犯了脾氣，沒走幾步便停了下來，慢悠悠地伸嘴嚼起了田壟旁的草。

「牛大爺！這什麼時候了，你還顧著吃。」穆子訓埋怨地拉扯著韁繩。

牛跟他較起了勁，更加不動了。

穆子訓急得拿起鞭子便往牠背上抽去。

牛吃痛，發出了憤怒的「哞哞」一聲，晃著兩隻尖硬的牛角便要往穆子訓身上撞去。

這還得了！穆子訓嚇得面如土色，丟下手裡的鞭子和肩上的犁鏵撒腿就跑。

「哞～～」

牛喘著粗氣緊追不捨，穆子訓心都提到了嗓子眼，覺得自己這回是真要完了！

田裡的路窄，下著雨，泥又滑，他跑了一會兒，還沒被牛撞上，腳下一打滑，反而先打了個趔趄，跌在旁邊一塊已插好秧的水田裡，穩穩地摔了個狗吃屎。

「哞……」

牛又叫了，聲音更近了，叫得他心都提到了嗓子眼，幾乎快尿褲子。

穆子訓吐了吐滿嘴的泥巴，剛想從水田裡爬起來，背後的衣服卻被粗壯的鐮刀角勾住了。

那隻強壯的牛，幾乎是不費吹灰之力地就把他整個人高高地挑在了牛角上，吊在半空中。

「啊……」

隨著視線的移動，穆子訓腦海裡迅速地閃現出自己被牛摔到田壟上，摔得粉身碎骨，血濺滿地的場面。

「救命……」

一聲淒厲絕望的尖叫在遼闊的水田迴盪開來……

隔道不下雨，百里不通風。

水田那邊飄著細密的雨；老宅這邊卻是乾巴巴的，滴雨未有。

槿嫿拿著米糠粕去餵雞，心想著等餵完了雞，便送些飯糰到田裡去，讓穆子訓好充充饑。

她聽人說犁田是個力氣活，就連牛，在犁田的那幾日，主人都會給牠吃些好的。

她拍了拍手，正要往廚房走去，背後突然響起了怪異的聲音，心裡一懸，回頭瞧去——穆子訓牽著牛，扛著犁鏵回來了。

她從來沒見過穆子訓這麼狼狽的模樣——從頭到腳都是髒的、濕的、亂的，黃色的泥土、綠褐的樹葉雜亂地黏在他的髮上、臉上、身上。

一早上出門時穿得還算整齊的短打已扯得七零八落，就連腳上的布鞋都只剩一隻，一股衝鼻的泥腥味從他身上散發出來。

似乎他不是犁田回來，而是打了一場惡戰回來，更確切地說，也不是打仗，而是遇見了慘無人道的惡匪，生受了好一番非人的蹂躪。

穆子訓就那般散著髮，歪著髻，神情呆滯，兩眼無光，直直地站在她面前，良久，一動不動，像被人釘住了一般。

想當初公公去世時，他也不曾這樣過。

槿嫿看得目瞪口呆，直到那頭健壯的大水牛發出了一聲響亮的「哞」，槿嫿才從驚愕中醒過了神。

她快步走上前去，卸下了穆子訓肩上的犁鏵，心疼得眼淚都快掉出來。「相公，你怎麼了？」

他怎麼了？

他今天九死一生，差點就死了。

了。

如果不是他命大，這條牛良心發現，饒過他一命，他現在已不知摔死在哪處水田裡了。

耕田太可怕了！當農民太難了！水田裡還有會鑽進肉裡吸血的螞蝗！

他不幹了，他再也不想到水田去，再也不想牽著牛扛著犁鏵去犁田。

他含淚看著槿嫿，痛定思痛道：「娘子，我錯了，我以前真是大錯特錯，妳說得對，種田不重要，考秀才才重要，從今以後我一定發奮讀書，努力考取功名。」

要是再讓他下田，他寧願現在一頭撞死。

「你說什麼？」槿嫿難以置信地看著他問。

「我要讀書，我要考秀才，考舉人，我要光耀穆家門楣。如果我做不到，就讓我下輩子變成王八。」穆子訓握緊拳頭，說得斬釘截鐵，大義凜然。

槿嫿捂住嘴，雙目盈淚地仰望著穆子訓。

謝天謝地，她的相公終於開竅了，她還從來沒見過他這麼毅然決然的樣子。

穆子訓丟下了牛繩，大步走進穆家大門。

第四章

從這日後，槿嬗便發現穆子訓變了個人似的，一心只想讀書考取功名，她若跟他提種田的事，他還會有點不高興。

槿嬗歡喜之餘，也有些納悶——穆子訓那天到底在田裡是經歷了什麼，才有了這麼大的變化？

直到有一日，她碰見了一個當天也在水田裡的人，才知道穆子訓原是被牛欺負怕了，才不願再去耕田。

如此一來，黃老倌家的大水牛倒成了功臣，之前她那樣勸他，穆子訓都不願考秀才，結果被牛摔了，立刻就肯了，也算是因禍得福了。

張夫人的兒子張學謹是為了參加明年的院試才到她這兒來住的，得知穆子訓也要參加考試，張學謹十分高興，便邀穆子訓到他屋裡一塊兒讀書。

穆子訓原本也有和張學謹結為書伴的想法，見張學謹邀他一塊兒用功讀書，十分欣喜地應下了。

張學謹白天要到書山學館去聽李雲淨老師講課，到了傍晚才會回來，穆子訓白天便自己在家學習，晚上再向張學謹討教。至於那兩畝田，荒著也是可惜，便設法租了出去。

一天夜裡，更夫開始打更了，穆子訓才從張學謹屋裡回來。

槿嫿本已躺下，見他回來，又起身道：「相公，餓了吧！桌子上有塊芝麻餅。」

穆子訓脫下了身上的青衫，拿起了桌上的芝麻餅，笑著坐到床上，對槿嫿道：「娘子餓不餓？」

槿嫿搖了搖頭。「我不餓，你們讀書人才容易餓。這是我特意給你留的，你快吃了呀！」

穆子訓大口大口地吃起了芝麻餅，藉著昏黃的燈光，槿嫿見他的腮幫子一動一動的，下巴尖了許多，心疼地道：「為妻瞧著相公瘦了好大一圈。」

他好幾年沒讀書了，決意復讀後，每日手不釋卷，一日三餐又吃得潦草，豈能不瘦？

穆子訓把餅吃進肚子裡，摸了下自己的臉道：「哪裡瘦了?妳相公長得這麼英俊，就算瘦了，也是一表人才。」

「死相！」槿嫿親暱地點了下他的臉頰，順手勾住他的脖子道：「相公想不想到書山學館去讀書？」

「不敢想。」

他這麼多年沒讀書了，自然是找個老師指導更好，可書山學館的學費貴得很，家裡現下基本沒什麼收入，能省下一些錢給他買一、兩本書，他已十分知足了，哪還敢想著去私塾讀書的事。

「事在人為嘛！」槿孃別有意味地勾唇道。

「娘子是不是有什麼事瞞著我？」穆子訓挑眉問。

「不告訴你，時候到了你就知道了。」槿孃神秘兮兮地應著。

穆子訓不幹了，伸著手去撓她的胳肢窩。「好呀妳，膽子肥了，敢在相公面前打啞謎。」

槿孃平生最怕癢，被他一撓，忍不住呵呵笑了起來。

「哎呀！別鬧，都這麼晚了，再不睡，明兒就起不來了。」槿孃壓著聲音道。

「起不來不是更好。」穆子訓壞笑著，見槿孃笑得花枝亂顫，低聲求饒，反而更起勁地去鬧她。

槿孃本努力地壓著聲音，被他撓到了癢處，憋不住又放聲笑了起來。

「咳咳。」

一聲有些刻意的咳嗽聲從姚氏房間裡傳了過來。

婆婆姚氏的房間和他們的房間只隔著一道走廊，她想婆婆定是聽到了他們打鬧的聲音，才特意出聲提醒。

槿嫿趕緊閉上了嘴，埋怨地掐了下穆子訓的手臂。

穆子訓訕訕地笑了笑，不敢再去撓她，擁著她睡下了。

三月末，一個太陽明晃晃的早上，槿嫿的舅舅楊士誠出現在了穆家老宅。

他猶猶豫豫地敲響了大門後，是穆子訓跑去開門的。

穆子訓見到他的第一眼，第一感覺便是太陽打西邊出來了。他到現在都沒忘記，他之前到楊家去，被舅舅趕了出來，還挨了一頓打的事。

槿嫿說她只當沒有楊士誠這個舅舅，穆子訓自然更不會認他這個舅舅，見楊士誠來了，冷冷道：「這不是楊大財主嗎？光臨敝舍有何貴幹？」

楊士誠見他這麼說話，臉色十分不好看，但他沒有直起脖子訓斥穆子訓，而是問道：「我那外甥女在不在？」

「我娘子當初去你府上，你和你的夫人不是說我娘子故意訛你的錢，你楊士誠沒有她這個外甥女嗎？現在又到這兒來找什麼外甥女？」真是厚顏無恥！

「再怎麼樣來者皆是客，相公就讓他進來吧。」槿嫿聽到了聲音，從屋裡走了出來，對穆子訓道。

穆子訓只得把楊士誠請進了屋裡。

楊士誠東瞧西看地走過天井，來到了廳堂處，看見槿嫿正倒茶水要招待他，十分不自然地笑了笑道：「槿嫿呀！再怎麼說，我也是妳娘唯一的哥哥，妳唯一的娘舅。」

槿嫿把茶端到了他面前。「舅舅有什麼話就直說吧。」

穆子訓也走上前，不動聲色地坐下了。

他倒要看看楊士誠跑到這兒來做什麼？要是他還敢欺負槿嫿，他也顧不得什麼禮數，必要掄起拳頭好好和他幹一架。

「槿嫿呀！舅舅和舅媽以前做得不太好，舅舅現在和妳賠個不是。」楊士誠忽慚愧地低下頭對槿嫿道。

穆子訓見狀，驚得下巴都快掉下來。

他不懂楊士誠究竟唱的是哪一齣。

槿嫿也有些驚訝他這態度的轉變，正發著愣。

楊士誠從懷裡掏出了一張銀票道：「這是妳娘留給妳的，也是妳應得的，妳好生收下。」

「舅舅，你確定？」槿嫿看著那張值三百兩的銀票，瞪大了雙眼，不敢相信地看著楊士誠。

「是。」楊士誠用力地看了眼那銀票，心都在滴血，可他不敢不還。

他咬了咬牙，把銀票塞到了槿嬧手裡，握住了槿嬧的手道：「槿嬧呀！妳娘留下的錢，我可都還妳了，妳要是看見了妳娘，千萬要告訴她，不要再來找我了，也不要再去嚇妳舅媽，不然，妳舅媽真的要瘋了。」

「啊？」槿嬧不太明白地叫了一聲。

穆子訓拉開了楊士誠的手道：「說話就說話，別拉著我娘子的手。」

楊士誠看著被槿嬧拽在手裡的銀票，心裡的血滴得更快了。銀票，他好不容易才到手的銀票。

楊士誠欲哭無淚地捂了捂臉道：「總之妳一定要跟妳娘說，別再來找我，我受不了了，我受不了了……」

說完，他如癲似瘋地離開了穆家，連茶水都沒喝一口。

穆子訓看著他離去的背影，更加丈二金剛摸不著頭腦。

槿嬧也是瞠目結舌了好一會兒，才醒過神來。

她揚了揚手中的錢票，對穆子訓笑道：「相公，我們有錢了。你這下子可以放心到書山學館去讀書了。」

「這到底是怎麼一回事，楊……舅舅怎麼像撞了邪一樣？」穆子訓搔了搔頭道，愈發有些想不明白。

槿嫿看著他百思不得其解的樣子，便把事情的來龍去脈說了出來。

原來那一天槿嫿到楊家去，在路上碰到了徐二娘，一時計上心頭，便決意聯合徐二娘整整她舅舅和舅媽。

槿嫿在她舅舅家住了幾年，知道舅媽李氏向來迷信，離開楊家時又聽到舅舅跟外婆說她舅媽最近老頭疼。

她舅媽一頭疼就脾氣暴躁，喜歡疑神疑鬼，槿嫿覺得這是個機會，便讓徐二娘找人扮成她娘的樣子去嚇嚇她舅舅和舅媽。

徐二娘和她舅舅、舅媽雖是老死不相往來的，但做了十多年的近鄰，對她舅舅家的諸事再清楚不過。

她也沒仔細問徐二娘到底找的是什麼人，又是怎麼嚇的，她只清楚徐二娘一定有辦法。

徐二娘在街上賣了幾十年豆腐，三教九流的人認識的多得去了，而且作賊的人都容易心虛，按今天的情形來看，她這法子很是奏效。

雖然瞧著舅舅把錢還給她時心痛的模樣很是可憐，但她若不這樣做，永遠都拿不回屬於自己的東西。

穆子訓聽完她的解釋，恍然大悟道：「原來如此，娘子好計謀，為夫佩服。」

「我也是逼不得已，但凡舅舅和舅媽對我稍微好些，我也不會出此下策。」槿嫿說著，微微地嘆了一口氣。「這事你可千萬不能跟別人說。」

「妳相公是那種管不住自己嘴的人嗎？不過，妳說的那個徐二娘靠得住嗎？」穆子訓有些擔心。

「放心，在這事上我和她是同一條船上的，她若出賣我，對她沒半點好處。而且現在錢到手了，舅舅往後就算察覺出不對勁，還能討回去嗎？」

「本就是他們理虧在前，若還敢上門，更不要臉了。」穆子訓想了想道。

「這麼長時間了，他們都沒發現什麼，事情一了，就更不會有旁的想法了。」槿嫿看了看手裡的銀票，對穆子訓道：「相公，不瞞你說，我當時跟徐二娘說好了，這錢到手後，要給她三分報酬。」

穆子訓微微一笑。「許人一諾，千金不移。這事人家出了力，妳既和她約好了，給她三分也是應該的。」

「那剩下的二百一十兩該怎麼花，可不可以由為妻做主？」槿嫿十分鄭重地問。

「這本就是丈母娘留給妳的，娘子想怎麼花就怎麼花，我絕不說個不字。」

槿嫿沒想到穆子訓回得如此乾脆，有些感激地看著穆子訓道：「相公真好。」又笑了笑道：「是這樣的，第一件事，我想多給相公買些書，送相公到書山學館讀書；第二件事，我想給家裡添置一些家具、改善家裡的伙食；至於第三件事，我打算做筆買賣。」

穆子訓聽到最後，好奇地挑起眉。「買賣？」

「對，不是有句話說：『用貧求富，農不如工，工不如商』嗎？」

「這話是司馬遷說的，但做買賣可沒那麼容易。」穆子訓想起了他那些年做買賣的血淚史，極怕從沒做過生意的槿嫿步他的後塵。

商場如戰場，一不小心可是會傾家蕩產的，他就是血淋淋的前車之鑒。

「放心，我有分寸的，只是小買賣，就算賺不到錢，也虧不了多少銀子。」槿嫿拍了拍穆子訓的手輕聲道。

「這……妳總該告訴我妳要做什麼買賣吧。」穆子訓一臉不放心。

槿嫿有些後悔太早把這個念頭告訴他了，搖了搖頭道：「我還沒想好，等我想到了再告訴相公。」

穆子訓聽到她這麼說，以為應該只是一時興起的念頭，沒準兒她明天就改變心意了，倒是鬆了一口氣。「買賣不好做，娘子別衝動呀！」

「嗯。」槿嫿若有所思地點了點頭。

幾日後，槿嫿瞞著穆子訓偷偷到城東的知安堂去了。

知安堂是宋承先家新開的藥材鋪，鋪面裝修得有模有樣，雖不處於人流量大的鬧市，但生意看起來倒不錯。

槿嫿一走進去，一個穿著藍衫，看起來十分精神的夥計便熱情地迎上來。「請問這位夫人需要些什麼？」

「我是來找宋承先宋公子的，不知道他今天是否在店裡？」槿嫿微微一笑。

「那請夫人在此稍等，我到裡邊去看看。」

那名叫阿榮的夥計說著快步地走進了裡屋。

沒一會兒，宋承先便笑著出來了。

他頭上插著玉簪，穿了身品色的長衫，襯得他的肌膚更加雪白。槿嫿下意識地瞟了一眼自己手上的皮膚，兩相對比，又忍不住羨慕起來。

「宋哥哥。」她笑著喊道。

「果真是槿嫿妹妹，裡邊請坐。」

宋承先熱情地招呼她到裡邊坐下，沒一會兒，剛才那夥計便端了茶上來。

宋承先邊給槿嬧倒茶邊道：「難得槿嬧妹妹到我這來，這是正山茶，入口甘甜，我記得妳小時候就愛喝這樣的茶。」

難得宋承先還記得她愛喝什麼茶，槿嬧心裡一動，端起茶杯，細細地嚐了一口。「好茶，不瞞宋哥哥，我已好久沒喝到這樣的好茶了。」

槿嬧喜歡喝正山茶，是因小時候，她爹常在家裡泡正山茶。

但茶對於一般人家來說可是奢侈品，這正山茶工藝複雜，價格又不低，穆家落魄後，她確實是有好幾年都沒嚐過正山茶的滋味，素日裡能拿出來招待客人的，只有最便宜的炒茶或者茶沫子。

「槿嬧妹妹若賞臉，哥哥送妳幾罐。」宋承先道。

「那可使不得，我今日空手而來，若從宋哥哥這兒帶茶葉回去，豈不成了沒皮沒臉的？」

兩人雖是許久未見，但坐下來，只消聊上幾句，倒似日日來往的朋友一般，絲毫沒有生疏感。

「他對妳好嗎？」

敘了好一會兒舊，提到了穆子訓，宋承先忽有些出神地看向槿嬧。

「他？」

「就是妳相公。」

「很好。」槿嬧點頭應著。

宋承先不置可否，淡淡地笑了下。「說了這麼多，槿嬧妹妹還沒告訴我，今日到我這兒來所為何事？」

宋承先既問了，槿嬧也不繼續打啞謎，認真地道：「我今天來，是想跟宋哥哥合夥做一筆買賣。」

「槿嬧妹妹要和我一起做買賣？」宋承先臉上露出了不解卻又十分感興趣的神情。

「宋哥哥，你們店是藥材店，可有賣連翹？」

「自然有，連翹是比較常用的中藥材。」

「那你這店裡庫存著多少連翹？」

「應該不多。怎麼，妳需要連翹嗎？」

「我眼下不需要，但不久後，城裡許多百姓都需要這味藥。」槿嬧道。

「妳說什麼？」宋承先覺得她這話說得不著邊際，卻又別有意味。

「這麼說吧！不久後，城裡會有許多人染上風邪，而連翹是防治這種風邪的最佳良藥。」槿嬧本不想說，但又覺得她如果什麼都不說，會影響宋承先和她合作的意願，只得先把這事透露給他聽。

「眼下大家不都好好的嗎？」宋承先疑惑地道：「妳怎麼知道之後會有許多人染上風邪，又怎知這風邪得連翹才能防治？」

每年的春夏交際之時，因季節變化，人們確實是容易染上風邪，這種季節性的風邪一般還會傳染。這本不是什麼特別的事，但按往年的經歷，風邪大規模爆發後，都是板藍根、金銀花等藥材需求暴增，可沒有連翹的事。

「這個我不能告訴你，但我發誓我說的是真的。」槿嫿說完，認真地看著宋承先漆黑的眼眸道：「宋哥哥，你相信我嗎？」

她沒有店鋪，還得操持家務，沒法以一己之力去進購、銷售連翹，思來想去，最好的辦法莫過於與宋承先合作。

宋承先有現成的藥材店，由知安堂出面購買銷售藥材，可省下不少事。她確定這是筆穩賺不賠的買賣，但一切的前提是宋承先得信任她、支持她。

她期待地看著宋承先，希望他們以前培養起來的信任與默契，沒有隨著時光的流逝而全然磨滅。

半晌，宋承先看著她的眼睛點了點頭，一字一字道：「我相信。」

槿嫿提著的心終於放下了，輕鬆地笑道：「謝謝宋哥哥。」

其實，早在宋承先讓夥計端出正山茶那一刻，槿嫿就料到宋承先會答應和她合作。

沒有那杯茶，她還不敢這麼快就把心裡的打算說出來。

槿嫿把收購連翹的計劃告訴了宋承先，並留下了一百五十兩銀子。

宋承先應了這事，也願意相信槿嫿，但這事來得突然，又沒有來由，心裡到底沒什麼底，不過此時見槿嫿說得煞有介事，還準備得如此充分，連銀子都拿出來了，心裡的疑慮自也一寸一寸地被打消了。

槿嫿離開知安堂的第二日，宋承先就開始收購連翹。

槿嫿告訴他，連翹的需求在不久後將會爆增，而城裡各大藥店連翹的儲備量都不多，宋承先只得從城內收購到了城外。

宋父發現了兒子異常的舉動，少不得詢問，都被宋承先拿話搪塞了過去。

過了大半個月，宋承先手上能周轉的錢也不多了，便停止了收購。

阿榮幫忙把連翹搬進倉庫裡，看著這麼一大堆連翹，他愁得頭髮都要掉了。要是這些連翹賣不出去，全部爛在倉庫裡，那新開的知安堂便會面臨倒閉，知安堂若倒閉了，他就得到別處尋活幹。

思來想去，唉聲嘆氣中，阿榮想到了槿嫿——他家公子以前很正常，可在槿嫿出現後，他就開始發瘋了。

那個女人，就是個蠱惑人心的妖精、禍水。

宋承先看著倉庫裡的連翹也有些發愁，但槿嫿要他等，他只得靜下心來等。

四月中旬，春夏交接，冷熱交替之際，一場暴雨後，許多人開始全身無力，昏昏欲睡，持續低熱，繼而咳嗽不止。

接著，一切就如槿嫿所說的那樣，染上風邪咳疾的人越來越多，城中咳嗽聲此起彼伏，而連翹則是防治這種風邪的最佳良藥。

宋承先花了大半個月收購的連翹，不到七天便盡數售出了，再有人來知安堂求購連翹，只能空手而回。

阿榮見狀，又是哭、又是笑，開始在心裡埋怨東家怎麼不多收購一些連翹，而槿嫿也從禍水變成了救星和財星。

穆家這邊，張夫人的兒子張學謹從書山學館回來後也染上了風邪咳疾，還把咳疾傳染給了張夫人。

槿嫿拿了老早就備下的連翹給他們兩人熬湯喝，連喝了三、四天後，他們兩人好得差不多了，槿嫿自己卻咳嗽了起來。

穆子訓見她也染上了咳疾，便親自下廚給她熬連翹湯，一日三餐的事則交給了姚氏。

槿嫿前世躲不過這場風邪，沒承想重生一世還是躲不過。

穆子訓端著連翹湯推門走了進來，看見槿嫿自己坐了起來，關切地問：「娘子，妳覺得怎麼樣了？」

「咳咳……還好……本也不是什麼大病。」槿嫿回道。

「連翹湯我熬好了。」穆子訓把湯放在了小几上，從懷裡掏出了一個小紙包道：「我怕娘子吃著苦，給娘子帶了幾塊方糖。」

槿嫿心裡一甜，嘴上卻道：「你拿我當小孩子，咳咳……」

穆子訓拿起了一塊方糖，塞到了槿嫿嘴裡道：「含會兒，待會兒吃藥時就不會覺得太苦了。」

槿嫿乖乖地含著糖，含得整個喉嚨都甜蜜蜜的，然後端起連翹湯一飲而盡。

穆子訓替她擦了擦嘴道：「娘子好好休息，很快就好了。」

槿嫿笑了下，剛想說些什麼，又咳起來了，她捂住了嘴，露出了兩隻水汪汪的眼睛，嘶啞著聲音道：「相公，你有沒有覺得哪裡不舒服的？」

「沒有，妳看我好著呢！」

前世，他也躲過了這場風邪。看來，這風邪對他不起作用。

「那婆婆呢？」

「娘她也好著呢！」穆子訓笑了笑，又道：「多虧娘子聰明，備了好些連翹，不然，現在就算有錢都買不到幾兩連翹了。不僅我們這兒，隔壁兩個縣也有不少人染上了病，連翹現在是最稀缺的了，聽說城東有個叫知安堂的藥材鋪在風邪發生前就四處收購連翹，那東家可真是太有先見之明了。也虧得他收了那麼多連翹，不然，大家買不到藥，指不定會亂成什麼樣。」穆子訓連聲感嘆。

槿嫿暗笑，忍著沒把真相說出來。

半個月後，蟬開始叫了，天氣熱起來，風邪便退了。

槿嫿已然痊癒，全身上下有說不出的輕鬆，挑了個好天氣的日子，她前往知安堂。

阿榮一見她來，便眉開眼笑地迎上來。「夫人，真是好久不見，快往裡邊請。」

槿嫿進了裡間，宋承先又坐在之前那個位置上喝茶，一室淡淡的茶香浮動。

宋承先笑道：「真是巧得很，我剛泡好了妹妹喜歡的正山，妹妹就來了。」

「我就是聞到這茶香才來的。」槿嫿迤迤地走來，坐在他對面，端起茶杯，淺嚐一口，品道：「宋哥哥泡茶的功夫實屬一流。」

「謝槿嫿妹妹誇獎。」

宋承先說著起了身，親自把銀票和帳本取了出來，放到槿嫿面前。

「妹妹請過目。」

「這般急，倒好似我特意來跟你討錢一樣。」

「不是妳急，是我急，這些錢在我這兒可放了快二十日了。」宋承先無奈地道。

槿嬞出了一百五十兩本錢與宋承先合作，至今淨獲利三百多兩，此刻看著桌子上花花綠綠的票子，她一時間很是感慨，也第一次體會到了賺錢的樂趣。

槿嬞抿了抿嘴，有些難為情地對宋承先道：「不用核對了，我還會信不過宋哥哥嗎？」

「槿嬞妹妹這就不懂了，生意場上，好兄弟勤算帳，好朋友帳莫忘。」宋承先認真地說道。

槿嬞想著這可能是行業規定，便依著宋承先的話把帳目和票款都對了一遍。

雖然她讀過幾年書，也會數數，可看帳目還是很吃力。

過了好一會兒，也不管看不看得清楚，槿嬞笑著抬起頭來對宋承先道：「沒有錯，有勞宋哥哥了。」

「槿嬞妹妹可真厲害，這麼快就把帳目對清了。」宋承先道。

槿嬞心裡一陣冷汗，默默地把帳簿合上了。

宋承先掀唇笑道：「這次多虧妳了，讓哥哥我發了一筆大財，下次還有什麼商機，可要記得知會一聲。」

「一定。」

「槿嫿妹妹，接下去妳有什麼打算？」

宋承先知道穆家已敗在了穆子訓手上，但凡穆子訓有本事養家餬口，也無須槿嫿這般勞心勞力。因此他說這話時，語氣裡倒有幾分替槿嫿擔憂的意味。

槿嫿看著那三百兩銀票，沈吟了片刻道：「我想做些小買賣，可我以前沒開門做過生意，也不知能不能做好。」

「一定行的，這次妳就做得很好。」

「這次是個意外。」

雖然她這次賺到了錢，但槿嫿很清楚，她是憑著先知先覺才抓住了商機，賺到了這三百兩銀子。

可接下去會發生什麼事，她是不知道的。

她父親和她公公都是商人，而且是極成功的商人，可惜他們在時，她沒有向他們請教學習分毫經營的策略和方法。

自嫁人後，她又極少與外界接觸，所以如今她雖有從商的念頭，心裡卻沒什麼譜。

宋承先似是看出了她的心思，鼓勵道：「成事在天，謀事在人。而且虎父焉能無虎女，棠伯伯生前可有『小陶朱公』之稱。」

「宋大哥這話就不太對了，你看我公公多厲害，可我相公卻沒學到我公公的半分，雖有運氣的緣故在裡邊，但大體來說是賣什麼虧什麼。」槿嫿說著，又想起了穆子訓那些年慘痛的經商經歷，忍不住嘆了一口氣。

宋承先愣了一下，幽幽地道：「穆兄的經歷我也略有耳聞。」

穆子訓那些年在生意場上的操作，在宋承先看來，簡直就是商場極好的負面教材。眼高手低，盲目輕信，聽風是雨，別人會犯的錯他犯了，別人不會犯的錯他也犯了。倘若穆里候在天有靈，怕會被這獨子亂七八糟的經商方式氣得想掀棺材板。

就這麼一個男人，上回他問槿嫿穆子訓待她如何時，槿嫿還一臉甜蜜地說很好。唉！巧婦或許生來就是要伴拙夫的，都是天意呀！

宋承先訕笑著安慰道：「我想穆兄只是時運不濟，有槿嫿妹妹在他身邊，否極泰來是遲早的事。」

「希望吧。」槿嫿笑道：「若說做買賣，宋哥哥的本事也不小。」

宋承先謙虛地笑了笑，問道：「不管做什麼生意，妹妹可知首要之務是什麼？」

槿嫿認真地想了想，不敢確定地道：「有個店鋪……」

宋承先一下子笑了，搖了搖頭。「這不是最重要的。」

那最重要的是什麼？

槿嬗見他似有意要指點她，趕緊打起了十二分精神請教。

宋承先喝了一口茶，緩緩道：「不管槿嬗妹妹想做什麼買賣，首要之務，便是要弄清行情，所謂修橋先測水，經營先摸市。弄不清行情就貿然開店，哪怕是找到再好的旺鋪，也是十店十虧。」

槿嬗覺得他說的甚是有道理，有些領悟地點了點頭。

宋承先繼續有條不紊地道：「第二，要以本求利，以德開店。世人常說：奸商奸商，無商不奸。但這奸，不可是作奸犯科的奸，而是得精明圓滑。我們開店做生意，目的是求財，可君子愛財，取之有道，不義之財，萬不可取，不法買賣，萬不可做。這第三嘛，槿嬗妹妹可聽過，做買賣有三寶？」

「三寶？」

槿嬗搖了搖頭，表示對此一無所知。

「人好，貨好，信譽好。」宋承先一字一字慢慢道：「人好，指的是從商的人能懂行知市，善於接待客人，對自己所賣的商品有充分的了解。貨好，則是指商品質價相符，適銷對路。

「市場情況千變萬化，比如這次，妳讓我提前購進連翹，正好趕上了時病的關鍵時刻，連翹便成了供不應求的熱銷貨，但城西有些人，不了解時病的變化，見連翹價格上漲，便到別處去重金購入，一來二去的，待他們收到貨，時病已過去，連翹跌回原價，不賺反賠。」

「還有這種事。」槿嬧沈思了一會兒，又問：「那信譽好是不是指誠實守信，貨真價實，童叟無欺？」

「沒錯，妹妹天資聰穎，一點就通。」宋承先挑眉笑道，大有一副孺子可教的意味。

「謝宋哥哥指教。」槿嬧趕緊起身向宋承先行禮道謝。

同行相見，分外眼紅。宋承先知道她想做買賣，還能毫不保留地告訴她這麼多，著實不易。

「槿嬧妹妹太客氣了，做買賣的門道多得是，妹妹以後自己開了店，便能明白了。」宋承先說著，起身走到身後的書架，抽出了幾本書道：「這些都是有關買賣方面的書籍，既有教人如何生財應市的，也有教人如何待客管理的，槿嬧妹妹不妨拿回去好好琢磨琢磨。」

「宋哥哥這樣幫我，讓我如何謝你呢？」槿嬧有些不知所措地道。

「妳我多年的情分，再談謝就生分了。」

槿嬅舉起雙手接過了書，又向宋承先道了一聲謝。

「對了，還有一件事也很重要。」

「什麼？」

「學會做帳和看帳本。」宋承先補充道。

看著他那了然於心的表情，槿嬅這才知道，宋承先早看出她不會算帳了。

而她剛才還在他面前不懂裝懂，真的是太尷尬了。

臨近中午，槿嬅帶著銀票和書，收穫頗豐地離開知安堂後，便到菜市場去了。

穆子訓如今也到書山學館去唸書，學館裡有個小飯堂，中午不便回家的學子可在這小飯堂裡用餐。

但這兩日那小飯堂的廚子告假了，穆子訓和張學謹只得走上半個時辰的路回家吃飯，吃過飯後，再返回學館讀書。

槿嬅在知安堂換了二十兩碎銀，這是她賺到的第一筆錢，理應要好好慶祝，況且這段時日，張學謹在功課上幫了穆子訓不少忙，她早有心要好好感謝張家母子。

如今手上既有了錢，怎麼著也得請人家好好吃頓飯。

今兒不是集市日，市場上人少，攤位也少。

槿嬗把書夾在腋下，先到豬肉攤買了一大塊不瘦不肥的五花肉，又走到了一家熟食店，買了一隻燒鴨、半隻滷雞、兩根火腿。

她正興高采烈地提著五花肉、燒鴨、滷雞、火腿往回走，旁邊走來了一人，怯怯地喚了她一聲。「少奶奶。」

槿嬗回過頭來，原是以前在她身邊伺候的小梅。

小梅在她嫁到穆家後，伺候了她四年，但穆家敗落後，所有的僕人都被遣散了，小梅也不例外。

槿嬗不由得打量起了小梅。

她穿了件藍色的窄袖衫，頭上的辮子梳得很齊整，但她比以往更瘦了，下巴尖尖的，眼大大的，精神看著也不大好。

「少奶奶。」小梅又喚了她一聲。

「快別這麼喊，我現在已經不是什麼少奶奶了。」槿嬗感嘆地看著她道：「小梅，離開穆家後，妳到哪兒去了？」

「我爹娘死得早，我是打小被我叔叔賣進穆家的，離開穆家後，我和小蘭在李嬸的介紹下到薛員外家裡去了。」

小蘭跟小梅一樣，從前也是在她屋裡伺候的，李嬸她記得沒錯的話，是在廚房裡打雜的女傭。

「我和小蘭去伺候薛員外家的三姨娘，可那三姨娘哪像少奶奶這般良善，對我們動不動就又打又罵。」小梅說著撩起了袖子，露出了道道傷痕，抽噎道：「小蘭受不了，偷了三姨娘的金鐲子跑了，現在也不知是死是活。

「少奶奶，求求妳救救我，我不想再待在薛家了，再待下去我會沒命的，我想回到少奶奶身邊。」小梅蒼白的臉上淚水嘩嘩，逕自地向著槿嫿跪下了。

她今天是奉了三姨娘的令，來給三姨娘買糕點的，豈料竟遇見了槿嫿。看到了槿嫿，她就想起了以往，對比自己在薛家的悲慘遭遇，她就極想回到槿嫿身邊。

她也知穆家現在大不如前，可是瘦死的駱駝比馬大呀！少奶奶還買得起一整隻燒鴨、半隻滷雞和兩根火腿，鄉下裡有些人可是一輩子都吃不起這三樣東西的。

槿嫿趕緊扶起了小梅，苦口婆心道：「小梅，穆家已今非昔比了，妳跟在我身邊，有時很可能連口飯都吃不起。」

「小梅不怕，小梅留在薛家也是饑一頓、飽一頓。少奶奶，妳就幫幫我吧！我會好好幹活的，以前在府裡時，無論少奶奶交代我做什麼，我都做得很好，我在少奶奶身邊伺候了四年，我爹娘都死了，少奶奶就是我在這世上最親的人。」小梅說著哭著又要給槿嫿下跪。

槿嫿拉起了她，摸了摸她淚花花的小臉道：「妳們離開後，其實我也常想起妳們。」

「少奶奶。」小梅抽噎地喚道。

「這件事我得回去先跟婆婆和相公說一聲。小梅，這樣吧！妳先回薛府等我兩天，我一定會去贖妳的。」槿嫿溫聲道。

也是小梅運氣好，剛好在今天遇見了她，而她手上也剛好有錢。

槿嫿在知安堂時便想到了，她若要開店做生意，總是需要幫手的。穆子訓要到學館讀書，婆婆要留守老宅，他們都很難真正幫到她，開了店後，請個人是在所難免的。

她這種時候遇見小梅，或許是天意吧。

小梅聽到槿嫿這麼說，眉頭仍皺著，她怕槿嫿只是拿話搪塞她，但她又擔心她表現出不相信的樣子，會讓槿嫿生氣，更不願贖她，使勁地點了點頭道：「小梅聽少奶奶的，小梅會在薛家好好等著的。」

「好，別哭了，先回薛家去，我一定會去贖妳的。」槿嫿肯定地道。

小梅抹著淚可憐兮兮地離開了。

槿嫿嘆了嘆氣，徑直回家去了。

第五章

姚氏待在家裡，發現兒媳婦出去了那麼久還沒回家，本有些著急生氣的。可見槿嫿帶著五花肉、燒鴨、滷雞和火腿回來，一下子又不氣了。

她也知道槿嫿從她舅舅那兒要回了三百兩銀，自有了這三百兩銀後，他們吃得比以前好了許多，但肉還是很難見的。

她已經很久沒吃肉了，見了肉也饞了。

槿嫿一進門，姚氏就走上前道：「今天怎麼買了這麼多菜？」

「不瞞婆婆，我賺了一些錢，一方面想著和婆婆、相公好好慶祝慶祝，一方面也想請張夫人和學謹吃頓飯。」槿嫿怕姚氏有意見，緊接著道：「前段時間多虧了學謹，相公以往落下的功課才能補回不少。」

「確實該好好謝謝人家，他們在我們這兒住，也是我們的福分。」姚氏通情達理地應著，又奇怪道：「妳說妳賺到了錢，這又是怎麼一回事？」

「這個說來話長，等相公回來了，我再一起告訴你們。」

姚氏見槿嫿賣關子，笑了下道：「行，等訓兒回來了再說。」

槿嫿高興地把手裡的肉遞給了姚氏。「婆婆，妳把這些拿到廚房去，我放了書，到外邊摘些青菜回來。」

「好，今天母雞都下了蛋，我一下子撿了四顆雞蛋，也全放在廚房裡呢！」姚氏拎著五花肉、燒鴨、滷雞和火腿高高興興地進了廚房。

槿嫿回到房間，把書小心翼翼地放到臥室的櫃子裡，拿起一個掛在牆上的竹籃，到門外去了。

穆子訓翻的那塊地，被她種上了白菜和茼蒿，如今白菜和茼蒿的長勢都十分喜人。

穆子訓還在菜園邊移種了一棵桑樹。桑樹長得快，桑葉能疏風解表，清肝明目，桑果能滋陰補血，安神助眠，可謂全身都是寶的植物。

如今正是桑果滿樹的時候，紅的、紫的、黑的，結實纍纍地掛了一樹，看著就很熱鬧喜慶。

槿嫿摘了菜，又採了一把桑葉和一小捧桑果，回到廚房裡去了。

姚氏把燒鴨切成了塊，放在大盤子中，又拿起了兩條火腿，小心地切片。她和槿嫿一樣，穆家未失勢前幾乎沒進過廚房，所以廚藝都很勉強，刀功更談不上。

「婆婆，仔細著手呢！」槿嫿叮囑道。

姚氏應了一聲，瞧見槿嫿端進來的菜籃子中放了一大把桑葉，奇怪道：「這是用來做什麼的？」

「煮雞蛋桑葉湯。」

「這成嗎？」姚氏沒喝過這玩意兒，有些懷疑地道。

「成，許多人家都是這樣吃的，說是煮出來的湯水格外甘爽可口。」槿嫿道。

待姚氏把火腿切好裝到盤子裡備用後，槿嫿把洗乾淨的桑葉放到了砧板上切絲。

她拿出了碗，把兩個雞蛋打進碗裡，拿筷子攪散。

熱了鍋後，下了點油，把雞蛋翻炒了一會兒後，放了一大碗水，水開了，再把切成絲的桑葉倒進去。

姚氏聞到了一股清香，讚道：「聞著倒不錯。」

「我還摘了些桑果，已經洗乾淨了，婆婆妳吃些吧。」槿嫿往灶旁看去。

姚氏端起了小碗，吃了幾顆桑果，聽見穆子訓在外邊和張學謹說話的聲音，趕緊放下碗走出去道：「訓兒，你回來了？」

「娘。」穆子訓喊了她一聲。

張學謹向姚氏點了點頭，親近地喊了聲。「伯母。」

他現在稱呼子訓為「哥」，槿嫿為「嫂」，便也喊姚氏一聲「伯母」。

張學謹的小書僮阿來也向姚氏彎了一腰。

姚氏走上前，看著文質彬彬的張學謹，笑咪咪地道：「今天中午和你娘一塊兒來伯母這兒吃飯，你嫂子做了很多好吃的，阿來也一起來，大家熱鬧熱鬧，都別拘束。」

張學謹還沒有回答，穆子訓先道：「那真好，學謹，你還沒嚐過你槿嫿嫂嫂的手藝。」

張學謹靦覥地點了頭，帶著阿來先回屋去了。

穆子訓把書交給了姚氏，心急地跑進廚房。

他老早就聞到了廚房裡的肉香，進了廚房後，見槿嫿正在做紅燒五花肉，饞得口水都快流出來。

讀書真的太容易餓了。他以前鬥一天雞也不覺得餓，現在只要讀半天的書，他就餓得前胸貼後背。

槿嫿發現他盯著鍋裡的五花肉看，拿起筷子挾起了一塊正燒著的肉，對穆子訓挑唇而笑。

穆子訓張開嘴，就等槿嫿餵他。

槿嫿知他心急，但又怕他燙了嘴，把肉吹了幾下，才塞到他嘴裡。「順便嚐嚐是淡了還是鹹了。」

這是她第三次做紅燒五花肉，前兩次做得都不大好，今天她是心血來潮，冒險再試，免不了還有些忐忑。

「不鹹不淡剛剛好。」穆子訓沒嚼幾下就把肉吞了下去。「娘子的手藝愈發好了。」

「還要不要？」槿嫿道。

「不要了。」穆子訓吞了吞口水，蹲下來道：「我給娘子看柴火。」

他現在整天往學館跑，家裡許多事顧不上，很過意不去，回家後，總想幫著姚氏和槿嫿做些什麼。

槿嫿拉開了他道：「你讀了一上午的書，燒什麼火，先去休息吧！下午還要回書山學館繼續聽課寫文章呢！」

「讓我在這兒陪著娘子吧。」穆子訓擁住了槿嫿道：「娘子在家有沒有想我？」

「沒個正經，也不怕被人瞧見。」槿嫿推開他，拿起了鍋鏟把鍋裡的紅燒肉翻了兩下，見穆子訓仍站在一旁盯著她看，覷了他一眼道：「把碗筷擺到桌子上去。」

穆子訓乖巧地去擺碗筷。

沒一會兒，姚氏回來了，和槿嫿一塊兒把午飯張羅出來。

紅燒五花肉、清炒白菜、甜醬燒鴨、清蒸火腿、五香滷雞，還有一大碗雞蛋桑葉湯，雖然比不上別人家的山珍海味，但也是有葷有素，色香味俱全。

穆子訓到西廂把張夫人和張學謹還有書僮阿來都請了過來，大家圍在八仙桌上熱熱鬧鬧地吃起了飯。

張夫人笑道：「先說好了，等穆相公和我家學謹都中了秀才，這首份作東的事就歸我了。」

「好好好，希望能借大妹子吉言。」姚氏連忙應道。

張夫人搬到這兒以後，姚氏多了個可以說話的伴，甭提多高興了。

散席後，穆子訓覺察到槿嫿有話跟他說，但他還得回學館去，便把要問的話先嚥了回去。

直到傍晚回到家裡後，大家都閒下來了。

穆子訓才拉過槿嫿道：「娘子是不是有什麼事瞞著我？」

槿嫿笑了笑，把她和知安堂合夥做買賣的事一五一十講了出來。

穆子訓聽了槿嫿的話後，恍然大悟道：「我還納悶妳之前說要做買賣，怎過了這麼久都還沒有動靜，原來，妳早就把這樁買賣做成了。」

「瞞著你是我的不是，但不瞞著你，我又怕這買賣做不成。」槿嫿抿了抿嘴道。

「這筆買賣確實做得漂亮，妳公公若還在，也是要好好誇妳一番的。」姚氏讚賞地道，大有刮目相看的意味。

「婆婆，說得我都有些不好意思了，接下去我想開店做些買賣，不知婆婆和相公以為如何？」槿嫿問。

她有心要開店做買賣，她不怕吃苦，可她就怕婆婆和相公不支持。

穆子訓還沒開口表態，姚氏先說話了。「這很好，咱們穆家原就是商賈世家，親家公生前也是個名流商賈，娘相信，咱槿嫿若從商，一定會有一番作為的。」

槿嫿沒想到婆婆這般認同她、支持她，一時間心裡滿是感動。

穆子訓本覺得這事得再從長計議，可姚氏都發話了，他又自知自己目前沒有「振興穆家」的能力，只得選擇了沈默。

送走了姚氏，槿嫿和穆子訓便回到了屋裡。

槿嫿瞧出了穆子訓的憂心忡忡，知道他並不是很贊成自己經商。

他不說，她本可以當作不知道，但她也明白，若不早些把話說明了，以後心裡難免會因此起疙瘩。

她溫柔地拉住了穆子訓的手，帶著幾分玩笑的口吻道：「相公適才不說話，是懷疑為妻的經商能力嗎？」

槿嫿問起，穆子訓便也實話實說了。「商場險惡，我確實擔心，但我更怕娘子太辛苦。」

即使他只有幾年從商的經歷，還把生意打理得一場糊塗，但他對於從商的辛苦也是深有體會的。

「吃得苦中苦，方為人上人。」槿嫿捧著他的臉輕聲道：「我們以前在父母的庇佑下過了那麼多年瀟灑快活的日子，眼下才開始吃苦，算不得什麼。相公決意參加科考後，日夜苦讀，為妻很是感動，正所謂夫唱婦隨，相公都有如此決心和魄力，為妻哪能因為怕吃苦就畏畏縮縮的。」

穆子訓知道她這麼說，是怕他心裡愧疚，換做是別的一些女人，自家的男人落到了這樣的地步，少不得要譏諷嘲笑，可槿嫿甚少這樣，都是默默地支持他，用言語鼓勵他。

「能娶到娘子，真是我三生修來的福分。」

穆子訓說著，緊緊地把槿嫿擁進了懷裡。

槿嫿輕拍著他的背道：「相公也是我的福分，我相信相公一定能金榜題名、出人頭地的，到時相公成了威風凜凜的官老爺，為妻便是個官夫人了。」

「嗯，我一定會好好努力，絕不辜負娘子的期望。」

穆子訓溫柔地親了下槿嫿的額頭，然後回到了書桌前，打開書本，準備夜讀。

槿嫿欣慰地笑了笑，也從櫃子裡拿出了宋承先送她的書，攤在桌面上仔細地讀了起來。

兩天後，槿嫿在知會了姚氏和穆子訓的情況下，使了十八兩銀子到薛員外家把小梅贖了出來。

小梅離開薛宅後，直跪在槿嫿面前磕頭道：「少奶奶，妳就是小梅的再生父母，小梅這輩子一定做牛做馬報答少奶奶。」

槿嫿急忙扶起她。「說什麼做牛做馬，妳如今又回到我身邊來了，是我們的緣分，從今往後我們又是一家人了。」

小梅見槿嫿救她出了狼窩，對她又和善，到了穆家後，做事比以往更加賣力，洗衣做飯打掃，樣樣都弄得十分妥貼。

這些瑣事原本主要都是槿嫿在做的，小梅來了後，她省下了很多力氣和時間，便把這些精力拿來看書，學習如何做生意。

一個月後，她把宋承先送她的幾本書都看得滾瓜爛熟了，對於如何開店做買賣的事也有了思路。

這一天夜裡穆子訓回家後，槿嫿把心裡的打算跟穆子訓說了。

「相公，我決定了，我先租間半大不小的鋪面賣些胭脂水粉和首飾。」

這些是女人家喜歡的玩意兒，顧客也以女人為主，穆子訓覺得倒可省掉不少麻煩，連連點頭道：「這主意不錯，我記得西坊有好多家弄胭脂水粉做首飾的手藝人，娘子可到西坊去進貨。」

槿嫿直笑。「這幾天我已去了好幾趟西坊，貨比三家，終於找到了合心意的兩家貨，價格也談攏了。」

「娘子的速度倒是驚人。」

「不過這店該取個什麼名字呢？」槿嫿今天想了一整天，也沒想出個所以然來，攬住了穆子訓的脖子，可憐兮兮道：「相公，你書讀得多，快幫我想個名字。」

穆子訓看著槿嫿嬌嗔的模樣，笑道：「唐朝王昌齡有詩云：『芙蓉不及美人妝，水殿風來珠翠香』。娘子這麼美，不如店名就叫『美人妝』。」

「美人妝。」槿嫿唸著這個名字，轉憂為喜。「好聽又好記，還很有意境，真是再好不過了，那就叫美人妝。」

「有了名字，若能請個名家寫塊匾額掛在店門前，那就更妙了。」穆子訓道。

之前穆家有十八間店鋪，每一間店門楣上都掛著名家題字的匾額，在商界也是一樁美談。

槿嫿撒嬌道。

「相公的字就寫得好，在為妻心裡相公就是名家，所以這塊匾額就由相公來寫。」

穆子訓搖了搖頭。「承娘子如此看得起我，但妳先聽我說，爹生前有個好友姓張字三千，是個宿儒，在鄉里間頗有些聲望，只是性情耿直，生活清貧，爹向來敬重他，在世時常接濟相扶。」

「你說的是張三千張老先生？」槿嫿之所以記住張三千，倒不是因為他才學出眾，而是因為張三千有一把長到腹部的長鬚，性子還十分古怪。

「正是他，我們請他來題字，一來可以借他的聲望提高新店的名氣，二來也可幫扶一下這位老前輩。」

槿嫿點了點頭道：「相公這想法很好，不過你怎會突然想到他？」

「因為張老先生日子更困難了，我今日在學館門口，見張老先生的孫子在偷偷賣他的《論語注疏》。」穆子訓說著，有些心虛地笑道：「我便把娘子給我的二兩銀拿了出來，把張老先生的《論語注疏》買下來了。」

那二兩銀是槿嫿讓他帶在身上以備不時之需的。

穆子訓說完，訕訕地看著槿嫿道：「娘子不會生氣吧？」

畢竟花二兩銀買一本書，不算低價。

槿嫿開明地道：「我怎麼會生氣，那二兩銀原是要給相公花的，相公沒拿去吃吃喝喝，卻拿來買書，如此上進好學，又熱心助人，為妻高興都來不及。」

穆子訓聽到槿嫿這麼說，心裡的石頭總算落了地，揚唇笑了起來。

「張老先生既是宿儒，他寫的注疏我看遠不止二兩，而且聽你適才所言，倒像是他不知道自己的注疏被人賣了。」槿嫿進行了一番分析，善解人意道：「這樣吧，你去張家請他時，把注疏帶去，再多帶些銀兩，把這事跟他明說了，若先生他不願意賣掉自己親手寫的注疏，便把書還給人家，若他不好收回，你便多補些銀子。」

「還是娘子想得周到，但娘子不心疼錢嗎？」穆子訓道。

他和槿嫿都不是小氣的人，但一文錢足以逼倒英雄漢，穆家現在日子過得也有些緊巴巴的呀！

槿嫿精明地笑道：「錢可以再賺回來，人情的事不抓住機會，往後再做就事倍功半了。」

見穆子訓不解，槿嫿繼續解釋。「你想呀！張老先生雖然清貧，但好歹是個宿儒，一定認識不少有才學的人，若相公能得他的青睞，將來有機會為相公做引薦，或給相公一些指導，那相公這科考之路不是會更順利嗎？」

穆子訓沒想到槿嫿連這一層都想到了，恍然笑道：「言之有理，娘子真是通情達理，想得又周到。」

「你們不是有句話叫『近朱者赤，近墨者黑』嗎？自從相公肚子裡的墨水越來越多後，為妻沾了相公身上的靈光，也覺自己聰明了不少。」

槿嫿知道讀書是件苦悶的事，怕穆子訓會半途而廢，也怕穆子訓因覺得讀書耽誤了家裡的事，心裡虧欠負疚，所以只要逮到機會，她就好好地誇他、鼓勵他。

穆子訓如何不懂她的心思？她每誇他一次，他在學習上就更加勤勉。

明日，李雲淨先生外出辦事，他剛好有一整天的假，穆子訓想著，無論如何，他都得替槿嫿把題匾的事給辦妥了。

隔日，挑了個好時辰，穆子訓便帶了禮品和銀兩到張宅去拜訪張三千。

張三千剛好在家，聽到小輩說，門外來了哥兒叫穆子訓的求見。張三千想穆子訓是個敗家子，辜負了他老子的期望，很不想見他。但轉過頭來，又想起昔日穆里候對他的禮待和接濟，便又讓家裡的小輩把他請了進來。

穆子訓見了張三千後，敬重地給他行了禮，又送上了見面禮。

張三千不知他為何對自己如此客氣，穆子訓便把那本《論語注疏》拿出來。他怕張三千尷尬，便說這書是他撿到的，今日特來奉還。

張三千見了書，知道是近來家中經濟不好，子孫沒有本事，又把他寫的書拿出去賣掉，心裡很是無奈悲憤。

穆子訓隻字不提買書的事，反說是撿的，讓他十分感動。

他拿過了穆子訓雙手遞來的《論語注疏》，呆了半晌後，又把書遞給了穆子訓。

「既被賢姪撿到了，那就是賢姪與這書的緣分，賢姪好生收著吧！」

「張老先生如此美意，晚輩惶恐。老先生博古通今，滿腹經綸，能得先生大作，是小姪的榮幸。」

穆子訓給張三千戴了一頂高帽後，又適時地拿出了一個紅紙包道：「這裡有十八兩銀，聊表小姪對先生贈書的感激之情，還請先生笑納。」

十八兩銀可抵得上張家半年的衣食所費，張三千連忙擺手道：「這可使不得，使不得。」

「張老先生萬要收下，先生與家父乃是至交，這些時候因有事耽擱，不曾來拜訪，小姪心裡一直愧疚，還請先生莫怪。」

張三千見穆子訓說話做事跟以往有很大不同，沈默了一會兒道：「賢姪如今在何處高就？」

「說來慚愧，穆家敗落在小姪手裡，小姪常感愧於天地祖宗，小姪少時，有幸過了童試，今年春想著若有朝一日能求得一點、半點功名，也可光耀穆家門楣，便又撿起了幾年不曾讀過的經書。」

張三千聽罷，撫掌感慨道：「賢姪頑石點頭，里候兄若在天有靈，也可瞑目了。」

穆子訓見張三千對自己的印象好轉，便適機向張三千說出了題字的事。

穆子訓親自來拜訪，又是替他遮掩家貧賣書的事，又是給他戴高帽、說好話，早就把張三千哄得心歡耳順。

張三千毫不猶豫地就答應了題字的事，又問起了穆子訓讀書的情況。

穆子訓把讀書的事一一說了，張三千道：「李雲淨的《大學》、《中庸》講得好，但對於《孟子》卻不通透。」

當朝考秀才只考一科經義，即以經書文句為題，而這書指的便是《論語》、《中庸》、《大學》、《孟子》四書。

穆子訓聽到他這麼說，感嘆道：「家父在時曾對小姪說，若論對《孟子》的研究，放眼城中，無人能與老先生比肩。」

穆里候有沒有說過這樣的話，只有穆里候和穆子訓知道，但穆子訓那表情和語氣卻很是煞有介事。

「里候兄太看得起我張三千了，老朽不過略有些心得罷了。」張三千說得謙虛，神色卻並不謙虛。

「不瞞先生，《孟子》恰好也是小姪的弱項，不知小姪往後可否前來叨擾張老先生？」

「賢姪儘管來。」張三千爽快地說著。

穆子訓聽言，趕緊離座向張三千鞠了一躬。

張三千性情古怪，不會輕易指導別人，早年迫於生計，也曾設館講學，後來因鬧了些糾紛，便不願再講學，如今主動開口說要指導他，簡直讓穆子訓喜出望外。

拜別了張三千後，穆子訓徑直回了家，把幾件好消息都跟槿嫿分享了。

槿嫿聽罷，十分高興，覺得這是穆子訓要時來運轉的好兆頭。

幾天後，選了個吉日吉時，穆子訓和槿嫿帶著禮盒親自到張三千家求墨寶。

張三千勁筆疾走，「美人妝」三字寫得瀟灑靈動，一如美人新妝初成。

為顯新意，穆子訓請示了張三千後，在「妝」字下方繪了一朵芙蓉，寓意「清水出芙蓉」，也權當是新店獨一無二的標記。

槿嫿十二分滿意，帶了墨寶，請了個做匾額的巧匠，付了訂金，便只管等匾額完成後去取。

眼下，貨源找好了，店名取了，匾額的事也有了著落，槿嫿一鼓作氣把租店、修繕的事也辦了，如此一來，倒比預計的多支出了二百兩銀子。

這筆錢，她是再拿不出來的，思來想去，只能厚著臉皮再去找宋承先借。

宋承先得知她的來意後，二話不說就把二百兩銀借給了她。

除此之外，他還替槿嫿打通了官府的關係，幫她拿到了經商權。

槿嫿得他如此助力，感動不已，在心裡暗自發誓，將來若發達了，定要百倍千倍地回報他。

這日早上，學館散學早，穆子訓離開學館後沒有回家，而是徑直往十八里街去了。

十八里街是城裡最熱鬧的商街之一，「美人妝」就開在十八里街上。

槿嫿最近忙著新店的事，早出晚歸，家裡的事基本都交給婆婆姚氏打理，小梅這個小丫鬟也被她叫來店裡幫忙。

眼看中午快到了，槿嫿整理著貨物，覺得肚子空得很，便給了小梅一串銅板，讓她到外邊買幾個烙餅來充饑。

小梅剛出去沒多久，穆子訓卻來了。

他穿著一件長布衫，腋下夾著書和筆，手裡提著一個紅色的小食盒。

「相公，你怎麼來了？」槿嫿放下手裡的東西走了過去。

「我來給妳送吃的。」

「我剛讓小梅去買烙餅了。」

「無妨，烙餅今晚可以當宵夜吃。」

槿嫿想想也是，便不再說些什麼。

穆子訓把食盒放到了櫃檯上，拍了下盒蓋子道：「娘子，妳聞聞，猜猜裡邊裝著什麼？」

槿嫿見他神神秘秘的，低頭往食盒上嗅了嗅。「好像是餃子。」

「聰明，就是餃子。」穆子訓說著打開了食盒蓋子，裡邊放著一大碟排列得整整齊齊的餃子。

槿嫿聞著那有些熟悉的餃子味，閉上眼睛道：「招香酒樓的餃子？」

招香酒樓的餃子以皮薄餡厚，香而不膩聞名城中。

槿嫿向來愛吃餃子，穆家未落魄前，有時山珍海味吃得厭了，她便會想起招香酒樓的素餃子，因此那時每隔一段時間，穆子訓就會陪著她一塊兒到招香酒樓吃餃子。

仔細數數，距離上一次到招香酒樓吃餃子，已經快三年了。

太久沒吃到招香酒樓的獨家餃子了，槿嫿不僅鼻子記得它的味，嘴巴也記得它的味，忍不住嚥起了口水。

穆子訓看著她這副饞樣，趕緊拿起筷子，挾了一個餃子塞進她嘴裡道：「試試，還是不是當年那個味？」

槿嫿邊嚼著餃子邊滿足地道：「嗯……沒錯，我吃著比以前還要好吃。等我們以後有錢了，我要天天都吃招香酒樓的餃子。」

穆子訓聽到她這麼說，隱隱心酸，他又挾起了一個餃子去餵槿嫿。「剛才那個是白菜餡的，這個是豬肉餡的。」

「啊，還有豬肉餡的，好吃，豬肉餡的比白菜餡的好吃太多了。」槿嫿現在可饞肉了，全不像以前只挑白菜餡的素餃吃，嫌肉餡的膩人。

穆子訓看著槿嫿狼吞虎嚥的模樣，心疼地叮囑道：「娘子，妳慢點吃呀！小心噎到了。」

槿嫿聽到他說起「噎」字，想起了自己前世是怎麼死的，趕緊拍了下臉頰，放慢了咀嚼的動作。

「再吃一個，一定要輕輕咬，慢慢吃。」穆子訓邊把餃子塞進槿嫿嘴裡，邊叮囑道。

槿嫿咬了下餃子，卻覺有些硌牙，睜大眼定睛一看，餃子裡居然包著兩顆珍珠。

她看著穆子訓那張忍俊不禁的臉，拿過餃子，掰開了裡邊的餡，裡邊赫然是一對珍珠耳墜。

這珍珠耳墜正是她年前交給穆子訓，讓穆子訓到當鋪當掉的那一對。

看著槿嬧驚訝的模樣，穆子訓微笑著道：「我把我抄的一本經書賣給了齊舉人家的公子，他給了我三兩報酬。」

聽到他這麼說，槿嬧才想起——這兩個月，她因為忙著店裡的事，每天累得很，夜裡都是早早睡下的。

每次她睡覺時，穆子訓都還在燈下看書寫字。

她不是沒發現他在抄書，可她以為那是功課，或者穆子訓抄來自己讀的，沒想到他卻是抄來賣的，只為了給她贖回她戴了好多年的珍珠耳墜。

「相公。」槿嬧鼻子一酸，眼睛一下子濕潤了。

「傻娘子，有啥好哭的，這不是妳最喜歡吃的餃子嗎？還有這珍珠耳墜，也是妳最喜歡的，現在這兩樣妳都有了。」

是呀！她什麼都沒說，可他都放在心上了。

槿嬧擦了下淚，看著被她掰開的餃子，故意怨道：「你也真是的，虧你想得出來，把珍珠耳墜包到餃子裡。」

「我想給娘子一個驚喜。」穆子訓搔了搔頭，笑著解釋道：「別人過冬節吃餃子，還往裡邊包銅錢，誰吃到誰一年就都走好運。」

「這麼有趣！」槿嬧一時間似想起了什麼，眨著水汪汪的眼睛看著穆子訓道：「如果能把這種驚喜用到做買賣上，一定能吸引到很多顧客。」
「嗯……」穆子訓想了想，驚訝道：「娘子不會是想在胭脂水粉裡藏銅錢吧！」
虧他想得出來。
槿嬞噗哧一笑。「要是我買的胭脂水粉裡藏著銅錢，我準樂得很，但這不好藏呀！」
槿嬞想了一會兒，俯過身，在穆子訓耳旁低聲說了好一陣。
穆子訓聽完後，皺眉道：「這可以嗎？」
「你在質疑我？」
「不，不是，我哪敢質疑娘子！」
「那就這麼決定了。」
槿嬞隨手挾了一個餃子塞到了穆子訓嘴裡，把穆子訓還想說的話都堵住了。
兩個月後，槿嬞的妝粉店「美人妝」隆重開業了。
在還沒正式開張前，她便貼了告示，給新店造勢——
「美人妝開張一個月內，凡進店消費一次性滿二百文以上，皆有機會中獎，多買多中，逾期不候。」

買東西還有機會中獎，眾人都覺新奇。

不過幾日間，城裡慣用妝粉的女人基本都知道了有一家叫「美人妝」的胭脂水粉店即將開張。

就算是那些不塗胭脂水粉的男人，聽說了這事，也都紛紛議論了起來。

「你們知道嗎？『美人妝』的東家就是以前穆大商人的兒子穆子訓。」

「果真是瘦死的駱駝比馬大，這麼快就又東山再起了。」

「也不知他們的錢是哪來的，我之前見那穆子訓還跟南巷口的黃老倌借牛來著，穿得那叫一個寒酸，人都快瘦成骨頭了。」

「可不是，我還見他到張家去借錢，被張家的家丁像趕狗一樣轟了出去。」

「這算得了什麼？我聽說他之前跟他婆娘到他那姓楊的舅舅家時，還被打了一頓呢！」

「喲！落到這般地步，要我早找塊豆腐撞死得了。」

「你們懂啥！以前穆家富得那叫一個流油，穆里候那麼精，見自己的兒子不是塊料，能不先給他留些後路嗎？」

「那穆子訓的岳丈也不是個簡單的人物，我聽說這新店是他婆娘要開的。」

「嘖嘖嘖，有個有錢又能幹的婆娘就是好。」

圍坐在桌子旁喝茶的幾人閒談了一番，心裡都有些酸溜溜的。

一個穿著藍色衣服的年輕人從他們旁邊走過，停下來高聲地道：「哎！我說，你們討論人家夫妻的事做啥！我這兒有個可靠的消息，他們新店不是搞酬賓弄抽獎嗎？你們知道特等獎是什麼嗎？」

藍衣服的年輕男子抬起頭晃了晃五根長短不一的手指道：「整整五十兩白銀。」

「美人妝」所貼的告示裡說明了一、二、三等獎的獎品是什麼，獨沒有說特等獎獎品是什麼，可謂是吊足了眾人的胃口。

藍衣男子這麼一說，全茶寮的人都聽到了，緊接著便是一陣驚呼。

「五十兩呀！我累死累活幹個三、五年，都不一定能賺五十兩。」

「這不會是假的吧？」

「千真萬確的消息，若有半分假，讓我掉茅坑裡淹死。」藍衣男子萬分肯定地賭咒道。

「那可真是不得了了，也不知是誰有這麼好的運氣。」

「自然是我，我運氣一向好，十賭九贏，那特等獎一定是我的。」坐在另一邊一個高瘦的男人道。

「十賭九贏，那就是有一輸，我看你就中不了那特等獎。」

藍衣男子笑道：「我婆娘運氣也好，到時我讓她去試試，哪怕抽不中特等獎，能抽個一、二等獎也好，這機會難得呀！」

那高瘦的男人也不與那抬槓的人理論，緊接著藍衣男子的話道：「沒錯，我把我婆娘也帶去，女人們一年到頭都愛買這些玩意兒，以前她們花錢買胭脂水粉可沒得抽獎。」

「對對……」

茶寮裡一片火熱，人人都期盼著自己能中大獎。

高瘦男人見狀暗暗和藍衣男子交換了下眼神，其實他們兩個都是槿嫿找來的，目的就在於製造聲勢，勾起大家的購買慾。

這是槿嫿那天看見穆子訓在她餃子裡藏珍珠耳墜後想到的，是人都喜歡驚喜，都希望自己能被幸運之神眷顧。

她用抽獎的模式弄開業大酬賓，一來可以在城中迅速傳播消息，讓大家都知道她的「美人妝」要開張，二是可以吸引到更多的顧客到「美人妝」消費。

在獎品的誘惑下，哪怕有些顧客不想買，為了過過抽獎的癮，或者證明自己比別人幸運，也會忍不住掏出銅板來。

而二百文錢，說多不多，說少不少，剛好在城中大部分顧客可接受的範圍內。

到了「美人妝」開張那一日，一大早，來自四面八方的人都趕集似地聚集在店鋪門口。

這些人中有老有少、有男有女，三五成群地聚在一塊兒說著笑著，也有探頭探腦地往店裡望去的。

吉時一到，鑼聲、鼓聲和鞭炮聲一齊響起，整條街因著「美人妝」的開業，熱鬧得像過節一樣。

在眾人的翹首以待中，穆子訓攜著槿嬑的手一塊兒出現在了店門口。

兩人含笑著向眾人鞠了一躬，然後同時扯動了懸掛在牌匾上兩端的紅線。

紅綢一落，「美人妝」三個大字赫然出現在了眾人面前。

穆子訓看著有些按捺不住的四方來客，落落大方地開口道：「各位朋友，各位街坊，得大家的眷顧，『美人妝』才得以開業。為表對各位朋友、各位街坊的感激之情，從今日起為期一月，『美人妝』新店大酬賓，凡入店消費達二百文以上者，皆可抽取幸運紅包，一旦中獎，即刻兌換，童叟無欺。若消費五百文以上，未中獎，也送一盤上好的老山檀香。」

「好！」圍觀的人歡呼了起來。

槿嫿沒想到來的人會這麼多，大家又這麼熱情，一時間很是激動，又覺有些招架不住。

等呼聲弱下後，槿嫿才道：「明日便是七夕節，為表對各位姊妹七夕佳節的祝福，只要是兩人和兩人以上一同前來購物的，結帳時都可減二成價。」

「啊！」那些和同伴一塊兒來的姑娘聽到這話都激動了起來。

「走，我們都到裡邊瞧瞧去。」

有個人開了頭，其他人聽了，都一窩蜂似地湧進了店裡。

除了槿嫿、穆子訓、小梅外，姚氏、張夫人、阿來也到店裡來幫忙了。

姚氏本不想拋頭露面，但想到今日開張，店裡一定忙，連穆子訓都特意向學館請了假，張夫人也出面了，她若還躲在家裡豈說得過去，便也來了。

來的人比預期中的多了太多，槿嫿看著這絡繹不絕的人流量，有些後悔沒有聽宋承先的話多備一些人手，正發愁中，阿榮帶著五個知安堂的夥計來了。

「恭喜夫人今日開張，我家公子忙，一時脫不開身，叫咱幾個過來好好聽夫人差遣。」阿榮拱手道。

「諸位可真是及時雨。」

宋承先又幫了她一個大忙，槿嫿又是高興、又是感激，先向阿榮幾個道了謝。

客人一多，招待不過來是一回事，最可怕的是出現踩踏等意外事件，但凡有人因此傷了，「美人妝」都脫不了干係，到時可真是樂極生悲。

槿嫿讓知安堂來的四個夥計在一旁維持秩序，阿榮和另一個夥計則去招待客人。如此，總算是把局面穩住了。

第六章

開張首日，顧客如流，槿嬧忙得連坐下的時間都沒有。到了傍晚打烊時分，小梅和阿來掃地整理貨架，槿嬧和穆子訓則一塊兒記帳，整理當日營收。

槿嬧揉了揉眼睛，噼哩啪啦地打了下算盤道：「相公，你知道照這樣下去，我們什麼時候能翻本嗎？」

「什麼時候？」

槿嬧伸出了兩根手指道：「最慢兩個月，我們就能把本錢賺回來了。」

「兩個月！」穆子訓伸手托起槿嬧的臉，揉著她的臉頰，崇拜地道：「娘子真是商界奇才。」

「順便也替我揉揉肩膀。」槿嬧閉上眼道。

穆子訓趕緊把手滑到她的肩膀上，有模有樣地替她捏了起來。「娘子，這幾天客人這麼多，我再跟李先生多請幾天假，好留在店裡幫忙。」

穆子訓以為他這麼說，槿嬧會誇他，誰知槿嬧一下子嚴肅了起來。「不行，讀書的事耽擱不得，一回生、二回熟，說的就是一天沒讀書，就對字眼生，兩天沒讀書，腦子就跟煮熟了一樣，什麼都記不住了。」

「娘子，據我所知一回生、二回熟指得是人與人之間初見陌生，再見相熟。」穆子訓弱弱地解釋道。

「是嗎？」槿嫿愣了一下，很快又恢復了大義凜然的模樣。「我覺得我說的比較有道理。總之，相公你就安心回學館去讀書，生意上的事，別管了。」

如果不是因為今天是開張，作為男主人的穆子訓必須到場撐場面，槿嫿是不會讓他向李雲淨先生告假的。

「娘子，妳一個人忙不過來的。」

「誰說我一個人？不是還有小梅、婆婆、阿來嗎？有這麼多人在這兒，你還有啥不放心的？」

穆子訓見拗不過槿嫿，只得咧嘴笑道：「好，我聽娘子的，明天就回學館去。不過娘子有什麼事，一定要告訴我一聲，別一個人撐著。」

「我知道啦！」

開張日有了個良好的開端，給了槿嫿極大的信心和滿足感。

但槿嫿也不敢有任何鬆懈。

人都容易先入為主，而她的店新開張，必須盡最大的努力給顧客留下好印象，這樣，她的「美人妝」才能開得長久。

因此自「美人妝」開張後，槿嫿日日都用宋承先跟她說的經商三寶「人好、貨好、信譽好」來提醒自己。而小梅在她的訓練下，也成了個善於和顧客打交道的好夥計。

兩個月過後，果如槿嫿所料的那樣，她把開店的本錢都盡數賺回來了。

賺到錢後，槿嫿第一時間便帶著二百兩銀票到知安堂去。

宋承先看著槿嫿遞上來的銀票，並不意外，只是淡淡笑道：「槿嫿妹妹果真是經營有方。不過這錢，妳確定要這麼快就還我？」

「有借有還，再借不難，哪有人嫌別人還錢還得快的。」槿嫿心直口快地說。

「如此，我先把錢收下了。」宋承先接過了銀票，慢慢地飲了一口茶道：「槿嫿妹妹店裡的生意如今如何了？」

「現在就是挺穩定的，也有不少回頭客呢！」槿嫿言語裡透露著一股滿意。

「剛開頭，能夠穩定是一件好事，但對於做買賣的人來說，太長時間的穩定卻是一把雙刃劍。」宋承先意味深長地說著。

槿嫿聽到這話，心裡有了一絲觸動，但一時之間，她也不太清楚宋承先這話裡的意味。

眨眼間，重陽節快到了。

秋風一吹，漫山遍野的野菊花開了。

九月九日，秋高氣爽，是個適合登山賞菊的好日子。

穆子訓見槿嫿每日辛苦，便打算趁著重陽佳節帶她到外邊散散心，舒活舒活筋骨。

槿嫿忙了幾個月，神經一直緊繃著，也想放鬆放鬆，到了重陽當日，索性關了鋪門，也給一直跟著她一塊兒忙上忙下的小梅放放假。

這日，喝完早粥後，穆子訓到外邊買了兩盆菊花擺在了天井處。

槿嫿穿了一身月白色的窄袖連裙，蹲下身聞著菊花撲鼻的香氣，粲然笑道：「我聽學謹說城裡有個不成文的習俗，重陽節那一日，明年參加院試的學子都要去爬山，爬得愈高的，才運愈亨通，明年愈能高中。」

「是有這種習俗，不過學謹老弟是不會去的，」穆子訓道。張學謹年紀雖小，但讀起書來比誰都拚命，穆子訓面對他時，常常覺得汗顏，不過正因為有張學謹這個榜樣，他才能時常提醒自己不要偷懶。

「學謹不去，那你要不要和他們一道去？」

「難得娘子今天得空，李先生也放了我們的假，當然是陪娘子要緊。」穆子訓嘴上像抹了蜜一樣。

槿嬧笑道：「這樣的天氣正適合出門，你若不和你那些同窗去登高，不如帶上我和婆婆還有小梅到小楓嶺去，那地方離這兒不遠，山路不陡，還種了許多楓樹，近處的山，就數它風景最好了。」

「好，那準備準備，我們待會兒就可以出門了。」穆子訓連忙點頭道。

自搬到老宅後，槿嬧一家子還從沒有一塊兒出去遊玩過。

之前三餐不濟的，出個門都怕別人在背後指指點點，更別說有那個心情去遊玩了。但如今情況不同了，「美人妝」一開，雖然沒讓他們大富大貴，但一家人現在至少吃穿不愁。

槿嬧和小梅一塊兒收拾東西，穆子訓則到屋裡去請姚氏。

姚氏聽說要到小楓嶺去玩，笑道：「你成日裡埋著頭讀書，你媳婦這幾個月也辛苦得很，你們兩個能去走走是再好不過的，娘就不去了，娘留在家裡給你們煮飯。」

「不用煮飯，小梅也去，我們一塊兒去館子。」穆子訓道。

「去館子又得多花錢呢！」姚氏道。她從前也是個會揮霍的主，如今卻是越來越捨不得花錢。

槿嬧現在是開著店，生意也不錯，但穆家那麼大的家業都可以敗掉，槿嬧做的不過是小本買賣，萬一哪一天店倒了，他們這一家子日子不是更難過？所以她下意識地覺得能省一分是一分。

槿嫿已準備妥當，走到門口，聽見婆婆這般說，善解人意地道：「娘，花不了多少錢的，花掉多少，再掙回來就是。娘若不去，我和相公兩個多沒意思。」

穆子訓又道：「娘，一塊兒去吧！妳要是嫌走路累，到了山上我揹妳。」

姚氏拗他們不過，伸手點了下穆子訓的肩膀，笑道：「好好好，娘去，娘還沒老到走不動的時候，也用不著你揹娘。」

就這樣，槿嫿、穆子訓、姚氏、小梅四個齊齊整整地往小楓嶺去了。

秋風送爽，小楓嶺上的楓樹未經霜打還沒紅透，半坡野菊卻已開得熱熱鬧鬧，在風吹下如錦緞一般搖曳。

一家人登到半山腰時，姚氏有些氣喘吁吁，說話都不索利了，穆子訓便挑了個平整的地方，搬來幾塊石頭，扶著姚氏坐下。

穆子訓和槿嫿也挨著姚氏坐下，槿嫿示意小梅坐，小梅卻不敢坐，取下了揹在肩上的包袱，拿出出門前準備的桂花糕和菊花糕，對姚氏幾個道：「老夫人、少爺、少奶奶，吃些糕點吧。」

姚氏伸手拿了塊桂花糕後，穆子訓和槿嫿這才動手。

「這糕點的桂花味真濃，倒讓我想起了桂花頭油。」姚氏道。

槿嫿笑著拿了塊桂花糕遞給了小梅，小梅一隻手托著裝糕點的小盒子，一隻手接過糕點，小口小口地吃了起來。

姚氏看了看小梅道：「小梅這頭辮子又黑又亮的，是不是也用了桂花油？」

「老夫人別取笑小的了，小的頭髮是天生的。」小梅被姚氏一說，臉一下子紅了起來。

「女孩子頭髮黑好生養。」姚氏道：「小梅今年多少歲了？」

「回老夫人，我十五歲了。」

「哎喲！都十五了，一下子成大姑娘了，過個一、兩年都可以當娘了。」姚氏說著呵呵地笑了起來。

小梅聽到她這麼說，臉更紅了。

槿嫿聽到姚氏說「當娘」，想起自己和穆子訓成婚都七年多了，還一無所出，微微有些失了神。

不怪她敏感多心，穆家三代單傳，她遲遲不能為穆家延續香火，這事不但是姚氏的心病，也是她的心病。

穆子訓卻是絲毫沒有察覺到槿嫿的心事，瞥了小梅一眼道：「小梅，妳少奶奶才剛把妳贖回來，可不捨得那麼快就把妳嫁掉，妳可不准在心裡偷偷怨她。」

「少爺說的什麼話，我是要一輩子伺候少奶奶的。」小梅嘴裡還含著糕點，聽到穆子訓這麼說，十分窘迫地解釋道。

「妳別聽他的，哪有不讓妳嫁人的道理。」槿嫿瞪了穆子訓一眼，站起來拉過小梅的手道：「那裡的野菊長得好，我們摘些回去曬乾做花茶。」

「是，少奶奶。」小梅順從地應著，跟著槿嫿往山坡的另一邊走去。

穆子訓見她們走了，伸了伸懶腰，就著山坡躺下了。

「多大的人了，怎麼還跟孩子一樣。」姚氏嘮叨道。

「這叫以天為被，以地為床。」穆子訓愜意地閉上眼道：「不管我多大，我都是娘的孩子。」

姚氏拍了下他的手臂道：「訓兒，我說你跟槿嫿都多少年了，槿嫿的肚子一點動靜都沒有，你們都不著急的嗎？」

「娘，這事看的是緣分，我們不急，娘妳也別急。」

「你以前也這麼說，可一晃眼都好幾年過去了。」

「現在不挺好的嗎？要是有個孩子在身邊絆著，兒子怎麼能安心讀書考秀才？槿嫿怎麼能安心開店做買賣？可見這是老天爺的安排。娘妳就別操心了，也別在槿嫿面前提這個。」穆子訓道。

「好了，我知道了，我知道你心疼你媳婦，不許別人給她一點不痛快。」

「槿嫿是我娘子，我不疼她疼誰？」穆子訓說著坐了起來，拉住姚氏的手道：「當然我也疼娘啦！娘把我生得這般英俊，在孩兒還只會尿床時，就英明神武地給兒子訂下了個漂亮、勤快、孝順、又會掙錢的媳婦，沒有爹和娘，哪有兒子的今日。等兒子哪天當了官，一定求皇上給娘封個誥命夫人。」

姚氏被穆子訓說得笑得合不攏嘴。「你這張嘴呀！跟你爹一樣會哄人。」

不久後，槿嫿帶著小梅回來了，她們各採了一大捧菊花。

姚氏見了她們懷裡的菊花道：「這菊花遠遠地都有一股清香，沒準兒能熬粥呢！」

「媳婦也是這樣想的，不過沒煮過，還得問問人。」

「問張夫人，她在鄉下住得久，許多事情都是知道的。」姚氏道。

槿嫿點了點頭。

穆子訓已坐了起來，自顧自地在一旁撓著脖子。

姚氏見狀，擔心道：「你怎麼了？是不是剛才躺地上睡覺，身上進蟲子了？」

「沒有，這不許久沒下雨了嘛！天氣一燥，身上就容易發癢。」穆子訓道。

「娘怎麼不會？你是平日裡水喝得太少了。」姚氏道。

槿嫿一下子想起了什麼，瞪大眼睛道：「啊！相公不說，我倒把這點給忘了，一到秋冬季節，西北風一吹，很多人的皮膚都會乾裂發癢，到時潤膚類的香膏、水粉一定會成為熱賣品，我得趕緊去進一批潤膚膏才行。」

「這樣呀！那娘子要記得多進一些潤膚膏，順便弄瓶給我搽搽。」穆子訓撓著脖子道。

「好。」槿嫿笑道。

第二日槿嫿便命小梅看店，獨自到西坊去了。

她之前進貨的那兩家沒有賣專供秋冬季節使用的潤膚香膏，槿嫿只得到別家去尋，尋了好幾家，才找到了一家有這樣的產品。

槿嫿跑了老半天，身子有些乏了，好不容易才找到貨，也未多想，便向作坊的老闆進購了三百盒潤膚香膏。

作坊的老闆似是第一回見到她這樣的大主顧，高興得直接減了她兩成價，又喚了兩個夥計把貨包好，送到槿嫿店裡去。

槿嫿當時覺得怪怪的，但也沒多想。

收到貨後，她和小梅一道把潤膚香膏擺在了櫃檯處最顯眼的地方，想著潤膚香膏是眼下的熱門商品，位置擺得顯眼，顧客一進門就能瞧見，那應該很容易賣出去呀！

誰知賣了好幾天，才賣出了一盒。槿嫿百思不得其解，明明潤膚香膏是應季商品，為什麼這般難賣出去？

這一日，天氣冷，颳著北風，出門的人少了，店裡就比較冷清。

臨近中午，一位女客走了進來。

小梅立即迎上去道：「這位姑娘需要點什麼？」

「聽說你們這兒有款檀色口脂很不錯，我想看看。」

「好的。」小梅轉身去取檀色口脂。

槿嫿打量了下那位女客，見她不僅唇上的皮膚有些乾燥，手上的皮膚也挺乾燥的。

小梅取了口脂來，那女客打開蓋子看了看，又聞了聞，直接道：「好，給我來兩盒。」

趁小梅去打包口脂的空隙，槿嫿走過來道：「天乾氣躁，姑娘是否需要潤膚香膏呢？」

「可以看看。」女客人道。

槿嫿喜出望外，取了盒潤膚香膏，對那女客人道：「姑娘可以先試試。」

女客人拿起香膏看了看，又聞了聞，伸出小指挑了一點，往手背上抹了抹。
槿嬑見她手上的皮膚乾得都快起皮了，沒理由不買她店裡的潤膚香膏，結果那姑娘卻是皺眉道：「不必了。」
槿嬑更加納悶了，忍不住道：「這款潤膚膏不合姑娘心意嗎？」
那姑娘瞥了槿嬑一眼，緩緩道：「這香膏太過油膩，香味也不好，還是寶記的比較適合我。」
寶記是城中最大的一家妝粉店，槿嬑在這之前從來沒聽過寶記有什麼特別好用的潤膚膏。
那姑娘付錢離開後，槿嬑似有些明白了，她拿出了一串銅板對小梅道：「小梅，妳到寶記去一趟。」
「做什麼呢？」小梅好奇道。
「去寶記買幾盒潤膚香膏回來。」
槿嬑在店裡等了許久，小梅終於從寶記回來了。外邊風大，她回來時，頭髮有些亂，進了門後，邊整理著自己的頭髮，邊往櫃檯走來。
除了一盒寶記的潤膚香膏，小梅還把沒花掉的銅錢也擺在了槿嬑面前。

「不是讓妳多買幾盒嗎？」槿嫿不解道。

「誰知道呢！寶記限購了。」小梅有些不滿地嘟囔著，一陣陣白霧從她嘴裡噴了出來。「聽說之前一個人還能買五盒，現在不管是什麼人去，一次都只能買一盒，有錢也只能買一盒，弄得多稀罕似的。」

「會限購，說明供不應求。」

供不應求，便說明貨好。

槿嫿好奇地打開了膏盒，一股淡淡的花香先撲鼻而來。

她到西坊進的香膏也有香味，但那香味聞著太濃，遠不及寶記的芬芳怡人，難怪那姑娘嫌她店裡的香膏味道不好。

槿嫿伸出食指挑了一些白膩的膏體搽到了手上，邊觀察邊道：「很滋潤，吸收得也快，還沒有黏黏的油膩感。」

她總算知道她店裡的香膏為什麼賣不出去了，因為跟別人家的比，她賣的，太過劣質。

小梅努了下嘴道：「不瞞少奶奶，因為寶記限購，我很好奇，就找人打聽了一下，那人跟我說這香膏是寶記去年秋新出的，是寶記的獨家配方，除了寶記自家的作坊外，放眼城中，哪個作坊也做不出這樣的香膏，這香膏也只有在寶記才能買到。」

「去年就有了？」槿嬧道。

去年她還沒有開店，倒沒留意到這一點。

「是的，寶記的潤膚香膏價格雖貴些，但聽說搽上後，一整天皮膚都不乾不燥。城裡用過的人都說好，光是秋冬季節賣這款潤膚膏，寶記就把別人一年才能賺到的錢都賺到手了。」

聽了小梅的話，槿嬧更加明白為什麼她進的貨賣不出去了。

再聯想起她去進貨時，那作坊裡的老闆那麼高興，還直接減了她兩成價的樣子，敢情他也是急著脫手，也料到這貨到了她店裡會很難賣出去？

不了解行情，盲目進貨是經商大忌，這回她真是失策了。

幸好只進了三百盒，這批潤膚香膏進貨價也不高，不然她可真要死了。

明白了問題所在，槿嬧心裡有些洩氣，今日店裡又那般冷清，更讓人感覺寒上加寒。

她放下了手中的香膏，往大街上瞧了一會兒，對小梅道：「打烊吧！待會陪我一塊兒到菜市場去買些新鮮的肉和魚，今晚我們吃火鍋。」

她冷，亟需吃一頓火鍋暖和自己，這樣她才能打起精神來解決那三百盒香膏的問題。

冬日裡太陽下山早，書館也比夏秋時早放學。

槿嫿和小梅到菜市場買了肉和調料後，想著穆子訓快放學，便拐了個彎，到書館去了。

離書館不遠的地方，種了棵大榕樹，別的樹葉子都落了，但這棵大榕樹還是滿頭青翠。

槿嫿和小梅站在榕樹下靜靜地等著，沒多久，穆子訓便和張學謹一塊兒從書館裡走了出來。

槿嫿正想出聲喊他們，兩個學子從穆子訓身後跑了出來。

其中一個年紀看起來比穆子訓小好幾歲的學子繞到了穆子訓面前，笑得十分爽朗地道：「子訓兄，明兒沒課，我和趙兄幾個要到鐵距臺去，你去不去？」

這個同窗姓齊單名盛，就是穆子訓之前提的齊舉人家的公子。

穆子訓還沒回答，齊盛口中的「趙兄」趙日升便道：「哪能不去呢！我不是說過嘛！鐵距臺可是穆兄以前最流連忘返的地方。」

「鐵距臺是什麼地方？」張學謹十分好奇地問。

「好地方呀！學謹，你明兒也一塊兒來，開開眼。」趙日升滿臉誘惑地看著張學謹。

張學謹搖了搖頭道：「不，我不出門，我要在家複習功課。」

穆子訓聽到張學謹這麼說，尷尬地對齊盛和趙日升笑道：「我明兒也想在家複習功課。」

「不會吧！哪裡就急這麼一天了。」齊盛叫道。

「算了，人家跟我們不一樣，人家是有媳婦的，一定是怕回家後挨媳婦的罵，才不敢去。」趙日升揶揄道。

「我們男子漢大丈夫怕什麼媳婦！而且子訓兄的媳婦在十八里街上開著店，我遠遠瞧見過，長得也不像隻母老虎。」齊盛再道。

「這你就不懂了，拿人手短，吃人嘴軟。你家子訓兄早已不是以前那個揮金如土、高高在上的穆家少爺，他現在全靠媳婦養著，當然不好得罪媳婦。」趙日升說到最後一句，十分不屑地瞟了穆子訓一眼。

穆子訓知道他言下之意是罵自己是個「吃軟飯」的，但他並沒有反駁也沒有拉下臉，只是淡淡地笑著。

「那算了。」齊盛說著和趙日升一塊兒走了。

槿嫿之前問過穆子訓在學館的情況，穆子訓都挑好的、開心的跟她說，從來沒和她說過半分不好的、不開心的。

如今親眼目睹了同窗對穆子訓的奚落，槿嫿這才知道穆子訓在學館過得並不如他所說的那麼順意順心。

她才來這麼一會兒，就看見同窗在奚落她相公，那她沒來的那些時候，這種事一定也時常發生。

她因為香膏的事心裡不舒服，到這兒來見穆子訓是為了讓自己高興的，結果，非但沒有高興，心裡反而更不舒服。

見穆子訓和張學謹往她們這邊走來，槿嫿下意識地拉住小梅的手，悄悄地躲到了樹後。

男人都好面子，穆子訓一定不想被她知道他在外邊這般受人奚落，所以她選擇了躲避。

直到回到家後，尋了個機會，槿嫿才悄悄地把張學謹叫到了一旁，問起穆子訓在學館時的情況。

「學謹，你跟嫂子說實話，你訓哥在學館時，是不是總有人和他過不去？」

張學謹聽到槿嫿這麼問，抿了抿嘴道：「嫂子怎麼突然問起這個？」

「不瞞你說，下午你們放學時，我和小梅就站在書館門口的榕樹下。」

張學謹一下子有些明白了，訕訕笑道：「嫂子怎不直接去問訓哥？」

「要是能直接問，我也不必來找你了，你放心大膽地跟嫂子說，嫂子只是想了解一下素日裡的情況，不會在你訓哥面前提起的。」

張學謹猶豫了一下，低聲道：「那個說訓哥壞話的同窗姓趙，聽訓哥說他們很久以前就認識，趙同窗以前可能是嫉妒訓哥有錢，如今又嫉妒訓哥學問好、進步快，所以總和訓哥過不去。」

「你訓哥在學館裡算得上學問好、進步快的？」槿嬗對這句頗感興趣。

「起初去學館時，訓哥實在算不得好的，但訓哥肯下苦功，好問好學又聰明，沒過幾個月課業就趕上來了，連李先生都屢次誇訓哥進步神速呢。」學謹說起這個，語氣裡皆是對穆子訓的敬佩。

「那真是太好了，其實你訓哥的勤奮全是跟學謹你學的。」一整天以來，槿嬗終於聽到了幾句讓自己開心的話，忍不住笑了。

笑著笑著，她才發現自己把話題帶歪了，趕緊回過神來道：「你剛才說的趙同窗，除了他外，還有誰常和你訓哥過不去的？」

「還有那麼兩、三個人吧！喜歡拿訓哥說笑。」

「說笑？」

「就是說訓哥……訓哥是個敗家子、倒楣鬼……孬種、吃軟飯的王八烏龜。」學謹說到後邊聲音漸漸弱了。

「豈有此理！」槿嫿心裡的怒火騰地燃燒起來，嘴角都開始發抖。「一群混帳，白讀了那麼多年聖賢書。」

她一個只識得一些字的婦道人家都知莫揭他人短，莫論他人是非，這些人枉讀詩書，行為卻令人不齒。

張學謹頭一次見槿嫿這般生氣，有些害怕地道：「嫂子小聲點，請嫂子千萬要冷靜。特別是不能在訓哥面前提起這個，不然訓哥一下子就會猜出是我跟嫂子說的。」

槿嫿撫了撫胸口，順了順氣道：「你訓哥整日裡都得面對這群混帳，豈不日日都得受氣？」

張學謹搖了搖頭。「子曰：『人不知而不慍，不亦君子乎？』訓哥沒有和那些人計較，一來，不值得，二來，他們說得越難聽，越有助於激勵自己奮進。」

「這是你覺得的，還是你訓哥和你說的？」

「是訓哥和我說的，訓哥還說，當一個人變大變強後，所有質疑的聲音都會自動消失。訓哥既不在乎，嫂子又何必耿耿於懷呢！」

「當一個人變大變強後，所有質疑的聲音都會自動消失。」槿嫿唸著這句話，心裡豁然開朗。

穆子訓有這般胸襟和覺悟，倒真跟以前不一樣了。

她心裡頗覺欣慰，轉怒為笑道：「好，我知道了，謝謝學謹老弟。待會兒記得叫你娘和阿來一塊兒到嫂嫂那兒吃火鍋。」

「謝嫂子，學謹回去了。」張學謹作了一揖，回屋去了。

入夜，天愈發冷，槿𦼮換了寢衣，老早就到被窩裡躺著了。

睏意未濃，她也睡不著，往窗那邊瞅去，穆子訓正披著一件棉襖，縮著身子，在一盞油燈下聚精會神地看著書。

她本想和穆子訓提潤膚香膏虧損的事，但想想穆子訓到了學館後，常受別人侮辱，卻因怕她擔心，從沒在她和婆婆面前說過，她便也不想把潤膚香膏的事說出來。

畢竟這事，她還有能力解決。吃完火鍋後，她就想好了，她可以用減價、混賣的方式把那些潤膚膏賣出去。

即使最後還是會有些虧損，但小虧損總比什麼也不做，讓它成為大虧損強。

既已打定了主意，便沒什麼必要說了，說了，只會讓穆子訓難過擔心，影響他讀書。

槿嫿起了身，拿起剪子撥了撥桌上的燈芯，摸了下穆子訓的手，心疼道：「手都冷成冰塊了，我去燒些熱水給你泡泡。」

「太晚了，別去了，」穆子訓用力地搓了搓手道：「娘子，天氣冷，妳先睡吧！我再看會兒書，也要睡了。」

「明兒我買個湯婆子來，相公讀書時捂著，手就不會凍僵了。」槿嫿握住了他的手，輕輕地往他手上呵著熱氣。

見槿嫿如此體貼，穆子訓心裡一暖，低下頭在槿嫿手背上留下了輕輕一吻。

槿嫿看著他溫柔的模樣，想起了書館門口發生的事，忍不住道：「明兒有一天假，相公可有打算去哪兒？」

齊盛和趙日升說到的鐵距臺是城中最大的鬥雞場。

穆子訓酷愛鬥雞，還沒和她成婚時恨不得天天泡在鐵距臺，成了婚後，公公雖管得比較嚴了，但他也是逮著了機會就往鐵距臺去。

這一年多來，穆子訓改了以前那種散漫樣，在家除了幹活就是讀書，玩樂的事是一件也不沾了。

槿嫿這般問他，是想藉機告訴他，他若偶爾想去鐵距臺玩樂玩樂，放鬆放鬆，她是不會阻攔他的。

穆子訓抬起頭來道：「娘子要我到店裡去幫忙嗎？」

槿嫿見他會錯了意，趕緊道：「沒有，如今店裡有我和小梅兩個就夠了。」

「明兒呀！我想著溫習溫習功課，再把咱院子裡那塊地翻翻，種上蘿蔔，那樣到了早春，我們全家都能喝上蘿蔔湯了。」

家裡像翻地這樣的力氣活，向來都是穆子訓幹的。

槿嫿見穆子訓絲毫沒有想去鐵距臺的意思，心裡一動，往他手上又呵了幾口熱氣，溫柔地點頭道：「好。」

第二日，槿嫿便開始對店裡的潤膚香膏進行減價贈送處理。

半賣半送了兩個多月，那三百份潤膚香膏總算脫手了。

一算，虧了十兩七錢，這虧損在槿嫿能接受的範圍之內，她便樂觀地當自己是花錢買教訓。

潤膚香膏賣出去後，也到了這年年底，每家每戶都開始忙活過年的事。

槿嫿清點好了帳目，在歲末二十四關了門，準備回家過年去了。

她算了下帳，除去開店的本金、借款，還有虧損，「美人妝」今年純獲利一百六十兩。

槿嫿拿了其中的八十兩用在過年，還有年後給穆子訓讀書上，其餘的全都封進小銀庫，她還給婆婆、相公、小梅和自己新做了衣裳。

這年的春節雖不算富足，但跟去年比已是人間天上。

去年，別說新衣服，就連六十六文錢的珠花簪她都買不起，一家人的年夜飯只是一碗白粥配幾塊臘肉和豆乾。而今年，她不僅讓全家人都穿上了新衣服，還讓全家人都吃上雞鴨魚肉。

老百姓過日子，講究的就是衣食住行，吃得好，穿得暖，心裡自然就舒坦快活。槿嫿也是如此。

到了正月初二，是回娘家的日子。

槿嫿的爹和娘都去了，跟她比較親的只剩下舅舅一家。

舅舅跟舅媽勢利，之前鬧得那般不愉快，本是沒有必要往來的。但槿嫿惦念起了她外婆，好歹那時她去找她時，她還給了她三兩銀子，沒有那三兩銀子，她哪有機會和徐二娘合作。

外婆陳氏年紀大，不知什麼時候就一腳踏入棺材裡了。她娘還未嫁時，外公、外婆偏心兒子，是常短了她娘的衣食，但後來她娘嫁了她爹後，外公、外婆就對她娘另眼相看了。

她外公死得早，她對外公沒啥印象，不過在槿嫿幼年的記憶裡，外婆對她倒不錯。她隨著她娘住在舅舅家的那幾年，外婆也常對她們母女噓寒問暖的。

畢竟血濃於水，過年過節的，她不去看看她老人家，心裡到底有些過意不去。但她要是去見外婆，就一定會見到舅舅一家，這樣一來，槿嫿開始為難了。

初一晚上，因為想著這事，槿嫿一整夜都睡得不太安穩。到了第二日早上，穆子訓察覺出了她的異樣，槿嫿便把心裡的顧慮跟相公說了。

穆子訓想了想道：「冤家宜解不宜結，舅舅再怎麼樣也是舅舅，去年他親自上門道了歉，錢也還回來了，娘子如果想去走動走動，相公我不會說個不字。」

「他那時讓門丁趕你出來，還打傷了你，你不記恨？」槿嫿道。

穆子訓抿了抿唇道：「那是前年的事了，妳不提我倒有些忘了。不過妳要我現在到他那兒去，我確實還不太想去，他和他家的門丁想也是不願見到我的。」

槿嫿苦笑道：「別說你不想見到他們，我也不想見到他們。我不過是惦記著外婆，想著她年紀大了。」

穆子訓想了想，道：「要不，咱們託人送些東西過去，也算對外婆盡了一分心意。如今的境地，想來外婆也不會怪妳不去瞧她的。」

「也只能這樣了。」槿嫿點頭應道。

決定好後，槿嫿便準備了兩串臘腸、一掛鹹豬肉、六個雞蛋和四個桔子，包裝好後託了個同姓的老叔送到楊家去。

楊老叔到了楊家後，把臘腸、豬肉、雞蛋、桔子一股腦兒地放在了大廳的桌面上。見陳氏恰好也在，楊老叔咧嘴笑道：「妳外孫女一直惦記著妳老的身子呢！」

楊老叔是楊家的舊相識，槿嫿和楊家的事他也知曉一二，但他向來是和事佬的性子，覺得萬事以「和」為貴，槿嫿和楊家的事在他看來都不算什麼事，所以他才願替槿嫿走這一遭。

陳氏見了這些臘肉和雞蛋，心裡自然歡喜，可發覺兒子和兒媳臉色不是很好，也不敢多言，只連聲道：「難得！難得呀！」

大廳裡除了陳氏，槿嫿的舅舅楊士誠、舅媽李氏外，槿嫿的表弟楊大壯和表妹楊婉兒也在。

楊老叔把「以和為貴」的人生心得囉哩囉嗦地傳達給了楊家一家老小後，才盡興離開了。

見他走了，一直想要說話又插不進嘴的楊婉兒瞥了眼桌面上的臘腸、豬肉、雞蛋和桔子，陰陽怪氣道：「黃鼠狼給雞拜年，沒安好心，也不知這肉裡是不是下了毒。」

她今年十三歲，還未許有婆家，性子做派跟她娘李氏差不多。

在李氏的灌輸下，楊婉兒從不覺得她楊家虧欠了棠家和穆家什麼東西。

她姑姑死後，她認為她姑姑留下的那些東西全歸楊家所有才是天經地義，畢竟她姑姑沒了相公後帶著個女兒在她家住了那麼多年。

她打從心裡覺得，當初是她爹娘好心才收留了那一對孤女寡母。

之前發生鬧鬼的事時，她從沒見過那「鬼」，沒見過，在她心裡便意味著沒有那麼一回事。

她娘整日裡神神叨叨地說她姑姑回來了、她姑姑來要債了。她只當她娘是年紀大了，腦子不好使，她才不信這個。

只可惜，家裡除了她外，個個都信得不得了，也怕得不得了。

她爹還拿出了三百兩銀票親自送到棠槿嬗手裡，只要想起這事，她就氣得牙根都發癢。

如今見槿嬗託人送了禮品過來，想到這些禮品極有可能就是棠槿嬗用她爹送去的銀子買的，楊婉兒更氣不打一處來。

陳氏見孫女這麼說話，立即制止道：「小孩子別亂說話，小心妳姑姑聽了不高興。」

出了鬧鬼的事後，陳氏總覺她那死去的女兒陰魂不散，時不時就要回這宅裡來看看。

楊婉兒撇了撇嘴。「奶奶，妳就別整日裡神神叨叨的了。這世上哪有什麼鬼？要是死去的人能變成鬼，這世上不滿是鬼？」

「又胡說，那些沒有牽掛的，早投胎去了，變不成鬼，心裡有事的，才能變成鬼。妳娘都親眼見到好多次了，妳還說是假的？」陳氏對楊婉兒不以為然的態度很是不滿。她覺得她女兒，槿𡢽的娘就是那種「心底有事走不了的」。

「我都說了那是我娘頭疼時產生的幻覺。」楊婉兒無奈地嚷道。

李氏見她們一口一個「鬼」的，完全坐不住了，捂住了耳朵道：「大過年的，也不安生，別給我提那個字，一聽到那個字我就頭疼，全身發涼。」

楊士誠見李氏惱了，怕她又受了刺激，大過年的發起瘋來，瞪了眼他老娘和女兒，溫聲安慰道：「妳就別多想了，咱王大仙請過了，錢也給了，『那個』不會再來了。」

楊士誠作賊心虛，自出了事後，不敢再直呼槿𡢽她娘的名字，一直用「那個」代替。

他雖然還了槿𡢽三百兩，但實際上槿𡢽她娘留給槿𡢽的遠遠不止三百兩。

他給了錢後，請了大仙，發現槿𡢽她娘再沒有出現了，以為自己把「鬼」哄住了，還有些竊喜。

李氏撫了撫胸口，唸了聲「阿彌陀佛」。陳氏和楊婉兒也不敢再提「鬼」的事了。

楊大壯走上前去拿起那兩根又肥又長的臘腸，從頭到尾聞了一遍道：「真香，不像是下了藥的。」

「有些毒藥無色無味，是你聞得出來的？狗的鼻子不靈嗎？還有吃耗子藥吃死的。」楊婉兒哼聲道。

她覺得全家都不如她明事理、懂世情。

自那一次她表姊和表姊夫被趕出楊家後，他們兩家已是正式撕破了臉。這一年多來毫無往來，今日突然送東西過來，打死她，她也不信槿孃和她男人安的是好心。

「大過年了，淨撿些不吉利的字眼說，該打嘴。」李氏黑起臉道。

她不僅不喜歡聽見「鬼」字，更忌諱「死」字。

楊大壯可捨不得把這臘腸丟了，想了下道：「這事還不簡單？我先切塊臘腸扔給狗吃，狗吃了沒事，那就是沒毒的。」

李氏還沒說話，陳氏先笑開了，一個勁地誇道：「壯兒真是聰明，這麼好的主意都想得到。」

陳氏以前疼兒子，怎麼看兒子怎麼順眼，現在疼孫子，也是怎麼看孫子怎麼順眼，她只恨李氏沒給她多生幾個孫子。

在她心裡，帶把的，才是能傳宗接代的，沒把的，都是替別人家養的。

李氏也跟著誇道：「大壯從小就聰明，不過你可別在咱家狗身上試，徐二娘那婆娘不是養了隻雜毛狗嗎？那隻雜毛跟徐二娘那婆娘一樣沒皮沒臉的，老跑到咱家牆根下撒尿，你見牠來撒尿了，就把切下來的臘肉丟給牠吃。要是那雜毛狗有個好歹，咱們還可以帶著這臘肉和那條雜毛狗到縣衙裡去告他們。」

楊士誠聽到他們說得興起，皺眉道：「得了，別整七整八、疑神疑鬼的，借他們熊心豹子膽，也不敢向我們全家下毒。中午我看也不用添別的菜了，把這臘腸切成片大火爆炒了。」

臘腸在他們家不是稀罕物，但楊家以前窮，楊士誠摳慣了，他婆娘也摳慣了，浪費食物這種事，是萬萬做不出來的。

聽見兒子這般說，陳氏也跟著改了口。「士誠說得對，我覺得二丫心眼沒那麼壞，我們好歹是她的外婆、舅舅，這世上再沒有比我們和她更親的人了。」

「她男人家現在落魄了，她送東西來，一定是想著以後我們能關照她。」楊大壯道。他比槿孃小幾歲，槿孃住在他家那幾年，倒沒跟槿孃鬧什麼矛盾。

楊婉兒接著楊大壯的話道：「哼！我聽人說她現在可出息了，在十八里街開了妝粉店，她男人又到學館唸書去了，沒準兒不久後，那穆子訓就成秀才了。」

李氏嗤之以鼻道：「秀才，就憑穆子訓？簡直是癲蝦蟆想吃天鵝肉。」

楊大壯仗著自己在學堂讀過幾年書，知道讀書是怎麼回事，亦道：「沒錯，秀才是那麼容易考的嗎？我這麼聰明的人都不敢作這樣的白日夢。穆子訓連他老子的家業都守不住，還想著要考秀才，不是傻了，就是瘋了。」

「真是傻了瘋了更好，那樣沒過多久，她那間妝粉店也要關門大吉了。」楊婉兒道。

「行了行了，都少說兩句，」楊士誠有些心煩地擺擺手道：「她今天人都沒來，以後也不見得會來。」楊士誠說完，背著手走了。

第七章

穆宅門口。

槿嫿和小梅正站在院子裡餵雞。

這些雞，幾乎都是當年當珍珠耳環的三兩銀子買的。一年多過去了，小雞成了大公雞、大母雞，個個毛色發亮，嘴尖腳利。

其中一隻黑點麻雞，還在過年前孵出了五隻小麻雞，眼下這五隻小雞全跟在黑點麻雞身後「唧唧」的叫喚，有趣得緊。

之前，餵雞的事全是槿嫿在做，後來她開了店，餵雞的事就交給了她婆婆姚氏。

姚氏越來越不像個養尊處優的老太太了，她現在不僅會餵雞，還會種菜。

她餵出來的母雞特別會下蛋，每次到雞窩裡去撿蛋，姚氏拿著四顆圓滾滾的雞蛋走進屋子時，都是一臉驕傲和滿足。

「咕咕……」槿嫿學著雞叫，撒下了一大把玉米麩。

她現在有點錢了，家裡的雞自然也要吃好一些。

天氣冷，小梅抓了隻母雞，把手插進了母雞翅膀裡取暖。

槿嫿見母雞被小梅制住了脫不開身，忍不住哈哈大笑了起來。

「大姑娘。」

有人喚她，是楊老叔來了，他手裡還拿著一個紙包。

槿嫿忙直起身對他道：「楊老叔，裡邊請。」

「不了，不了。」楊老叔搖了搖頭，把紙包放進她手裡道：「大姑娘，妳往妳舅家送了禮，這是妳外婆讓我給妳的。」

槿嫿接過來打開，一股熟悉的菜乾香味撲鼻而來，原是一包白菜乾。

她往舅舅家送東西，沒想著會有回禮，更沒想到她外婆居然會託楊老叔送了白菜乾給她。

「這是妳外婆自己曬的。」楊老叔道。

他不說，槿嫿也知道這是她外婆陳氏曬的。她外婆喜歡曬些菜乾、果乾之類的，她自小就喜歡吃外婆曬的各種菜乾、果乾。

那是一種飽曬陽光的味道，吃進嘴裡，讓人有種說不出的舒坦。

槿嫿回憶起了小時候的事，有些感慨地問：「我外婆身子可還健朗？」

「好著呢！」楊老叔苦口婆心地道：「大姑娘，冤家宜解不宜結。明年要再送東西，妳可自己去呀。」

楊老叔說完，笑著離開了。

槿爐若有所思地站在那兒。

黑點麻雞見槿爐手裡拿了東西，屁顛屁顛地跑了過來，咯咯地叫著。

見自己的媽媽跑了，那群小雞也緊接著圍了過來，生怕沒了媽媽一樣。

每年的正月初七，按例都是新一年的開市日。

初四一過，槿爐便帶著小梅回店裡忙活了。

新年新氣象，她和小梅把「美人妝」裡裡外外都整理了一遍，又上了一批新貨。

十五是上元節，城中會舉行花燈，按往年的情況來看，上元節是正月裡最熱鬧的一天，因為在那一日，素日裡大門不出、二門不邁的姑娘，只須和父母說一聲，也可和姊妹們結伴到大街上遊玩。若哪個父母不讓她們去，倒顯得不開明了。

而那些少年郎也會乘機送些禮物給自己心儀的姑娘，胭脂水粉自然是最適合的禮物之一，槿爐看準了這是個賺錢的好時機。

但城裡的妝粉店很多，她賣的，別人也有賣，怎麼才能讓別人不買別人家的，而來買她家的？這可有點難倒了槿爐。

想了許久，她決意另闢蹊徑，在包裝盒上用巧。

她特意設計了一款顏色粉嫩又精緻的盒子，充當胭脂水粉的外盒，而盒子上印著的是「美人妝」的芙蓉花標記。

那做紙盒的作坊，收了槿爐的花樣圖和訂金後，趕在正月初九前，把盒子的紙板做了出來。

槿爐去取紙板時，作坊老闆正和一個五十歲上下的男人在說話。那男人長得寬額方臉，穿得十分闊氣，像是個做大買賣的，槿爐下意識地多看了他一眼。

作坊的老闆見槿爐來了，跟那男人道了聲「先失陪了」，走過來，指著已打包好的紙板道：「夫人，妳要的貨都在這兒了。」

槿爐檢查了一番，校對好數目，沒有發現任何問題，便把剩下的錢付了。

那闊氣的男人不知何時走了過來，饒有興趣地打量著那些未成型的紙板道：「這些紙板可真是與眾不同，不知道夫人是拿來做什麼的？」

槿爐沒有多想，直接道：「拿來裝胭脂水粉的。」

那男人聽到她這麼說，眼裡精光一閃。「這倒是個很新穎的做法。」

這可是她想了好幾天才想出來的法子，保證全城除了她的「美人妝」外，再沒有別家有這樣的外包裝盒，能不新穎嗎？

槿爐被誇了一句，心裡還有些得意。

「我讓這夥計幫夫人把紙板送到妳那兒去。」作坊的老闆指著個小夥計道。

「好，記得是十八里街的『美人妝』，別送錯地方了。」槿嫿囑咐道。

聽到「美人妝」三個字，那闊氣的男人臉上微微有些不自然，待槿嫿走後，他對那作坊的老闆道：「這女人難不成是穆里候的兒媳？」

「沒錯，就是穆里候的兒媳，現在在十八里街開著妝粉店，倒是個挺勤快爽利的生意人。」作坊的老闆回道。

那闊氣男人若有所思地點了點頭，對作坊的老闆說：「她讓你做的紙板，按著樣式，把上邊的芙蓉花改成寶珠花，也給我做出八百份來。」

「這？」作坊的老闆有些猶豫地道。

「我給你雙倍價錢。」那男人說著財大氣粗地掏出了一袋銀子放到了桌面上。「三日後清點好數目，讓你的夥計把貨送到寶記去。」

作坊的老闆哪能錯過這麼一大筆錢，連連點頭道：「郭大老闆請放心，一定一定。」

作坊裡製作的只是紙板，若想成為真正的盒子，還得再進行摺疊。

夥計把紙板送到「美人妝」後，槿嫿便叫小梅一塊兒幫忙摺紙盒。

忙活了一上午，終於把那兩百份紙盒摺得差不多了，穆子訓到店裡來，見槿嫿和小梅摺了一大桌的盒子，哭笑不得道：「娘子，妳這是賣胭脂還是賣盒子？」

槿嫿瞟了他一眼，慢悠悠地道：「人靠衣裝，佛靠金裝。同樣是鳥，一身彩色的孔雀人人喜歡，一身黑的烏鴉就討人嫌，這位公子讀了那麼多書，怎連這點道理都不懂？」

這些盒子不僅外表看起來精緻氣派，還很風花雪月，正適合上元節的氛圍。

在內裡一樣的情況下，迷人的外在更能吸引住別人的目光，勾起別人的購買慾。

這就是槿嫿為了上元節，為了吸引顧客，特意設計這款盒子的原因。

穆子訓不誇她蘭心蕙性，在聽完她的話後，還做出一副不以為然的樣子，真是讓人討厭。

槿嫿不滿地嘀咕道：「糙男人，一點情趣都不懂。」

小梅聽到這話，「噗哧」一聲笑了出來。

穆子訓一臉茫然，不知自己怎麼又惹自家媳婦不高興了。

他悄悄地走到了槿嫿身邊，拉了拉她的衣角，虛心地問道：「還請娘子指教，什麼樣才叫有情趣？」

槿嫿歪頭想了想，慢慢道：「在我小的時候，我常見我爹給我娘畫眉。」

穆子訓嘿嘿笑道：「娘子的眉毛天生長得好，哪用得著畫？」

槿嫿又道：「我還沒嫁給你之前，聽說有位姓李的公子因為愛慕一位姓林的小姐，便住到了人家隔壁，天天彈琴給那位小姐聽。」

「琴，我不會，但娘子，妳聽得懂琴嗎？」

槿嫿輕哼了一聲。「還有位姓劉的公子，因為父母阻止他娶自己的心上人，他就絕食，最後終於感動了父母，有情人終成眷屬。」

穆子訓哭笑不得。「我們訂的是娃娃親，我不用絕食，岳父、岳母也同意妳嫁給我。」

「呵！別人至少還會寫情詩給自己的心上人，你也是個會文會墨的，這麼多年了，怎一首都沒有給我寫過？」槿嫿埋怨道。

穆子訓趕緊點了下頭。「娘子要情詩呀！這還不簡單，我現在就寫。」

穆子訓說著往裡間走去了。

槿嫿不知道他是真的給她寫情詩去了，還是乘機到裡邊去讀書。

再過幾個月，就是考秀才的時候了，最近穆子訓起得比雞早，睡得比狗晚。每次她躺在床上睡覺前，都看到穆子訓在燈下讀書，等第二天她睜開眼了，他又坐在了窗下。

要不是夜裡她偶爾醒來時發現他就睡在她身邊，她都懷疑他夜裡到底有沒有睡過覺。

穆子訓是見她新開市忙，才抽空到店裡來幫忙和陪她的。

就算他不來，槿嬗也不會埋怨他，非常時期，她自願見他以學業為重。

剛才她的埋怨不過只是過過嘴癮，成親多年，她還會不知道穆子訓的性子？風花雪月不行，知冷知熱倒是會的。

居家過日子，一個「知冷知熱」的男人強過那些只會「風花雪月」的。像她爹那種能知冷知熱、又懂風花雪月的實屬罕見，萬人中怕也難挑出一個。

「少奶奶和少爺成親這麼多年，還這麼甜蜜恩愛，真是讓人羨慕。」小梅有些羨慕地道。

「有什麼好羨慕的，妳還沒成親，所以不知道。等妳成了親，妳就會發現，再好的男人也有快把人氣死的時候。」

不一會兒，穆子訓從裡間出來了，手裡竟真的拿著一封信。

他走到槿嬗面前，一本正經地呈上了信道：「娘子親啟。」

槿嬗看著穆子訓鄭重其事的模樣，愣了半晌，才反應過來。

她憋著笑接過了信，拿出裡邊的白紙，打開來看了良久，有些不懂地道：「你這寫的什麼？」

穆子訓看著槿嫿，深情款款地唸道：「有一美人兮，見之不忘。一日不見兮，思之如狂。鳳飛翱翔兮，四海求凰。願言配德兮，攜手相將……」

「別唸了，肉麻死了。」槿嫿雙臉開始泛紅，嬌瞋地瞪了他一眼。

「這就嫌肉麻了，為夫還打算以後每天都給娘子唸上一首。」穆子訓道。

聽到他似當了真，槿嫿都有些後悔了，她不該讓他鼓搗這玩意兒。她哪是真的希望他給她畫眉彈琴寫情詩了，不過一時間來了興頭，想使使小性子磨磨他罷了。

槿嫿有些發臊地咬了咬唇道：「別，你可別，我可不想天天起雞皮疙瘩，我如今覺得一首情詩還比不上招香樓的一盤餃子來得實在。」

「娘子想吃餃子呀！我這就去給妳買。」穆子訓說著樂呵呵地出了門。

「妳看少爺多把少奶奶放在心上呀！少奶奶的話比聖旨還管用。」小梅捂嘴笑道。

「妳這丫頭，話這麼多，趕明兒給妳找個木訥的老公，看妳還怎麼說。」

「那有什麼？他不說話正好，他若也愛說，豈不天天跟我賽著說，我若說不過他，心裡保准不痛快。」

槿嫿笑了笑，沒再搭話，把放在桌面上的盒子一個一個整理起來。

十八里街。

熙熙攘攘的人群中，走來了一位身穿淡藍色長袍的年輕公子。

那公子肌膚勝雪，氣質出眾，走在人海裡，倒有種鶴立雞群的感覺，不僅把一眾從他身旁經過的男子比了下去，還把一群女子也比了下去。

那公子停在了「美人妝」門口，望了眼「美人妝」牌匾上的芙蓉花標記，若有所思地走進了店裡。

槿嫿正招待客人，見宋承先來了，把客人交給了小梅，走上前來對宋承先道：「宋哥哥，你怎麼來了?真是讓妹妹的小店蓬蓽生輝。」

槿嫿邊說著，邊把宋承先請進了裡屋。

宋承先進了裡屋，喝了槿嫿沏的茉莉香片，才微笑道：「槿嫿妹妹近來生意如何？」

「還可以。」槿嫿道。

她那些紙盒子很奏效，這幾日明顯覺得生意好了許多，昨日雖比前兩日冷清，但大體還是不錯的。

宋承先把手伸進了衣兜裡，掏出了一盒香粉，放到了桌面上道：「這可是槿嫿妹妹店裡賣出的貨？」

槿嫿見了脂粉外盒上的芙蓉花，笑道：「沒錯，宋哥哥來過我『美人妝』嗎？妹妹倒沒注意到。」

宋承先沒有回答她這個問題，反問道：「妳是從什麼時候開始用這樣的外包裝盒的？」

「三天前。」

槿嬧不知道宋承先為什麼問起這個。

宋承先沈默不語，又把手伸進了衣兜裡，掏出了另一盒香粉道：「槿嬧妹妹好好看看，這是不是妳『美人妝』賣出的貨？」

槿嬧乍一看那外包裝盒，以為是她店裡的，直至宋承先把後面掏出的盒子和前邊掏出的盒子放到了一塊兒，槿嬧這才發現——它們不一樣。

那個盒子的構造、顏色、質地和她「美人妝」的一般無二，但盒蓋上印著的卻不是芙蓉花，而是寶珠花。

槿嬧不解道：「這盒子哥哥是從哪兒得到的？」

「這兩盒香粉都不是我自己買的，但我可以告訴妳，印著寶珠花的盒子出自寶記，昨兒寶記已開始使用這樣的外包裝盒包裝脂粉香料了。」

「什麼？」槿嬧難以置信道。

這盒子明明是她設計的，怎麼寶記也有，還除了花朵外，每個細節都一模一樣？

「按時間看，『美人妝』在前，寶記在後，個中緣由，槿嫿妹妹應是比我清楚。」宋承先道。

一個外包裝盒雖不算什麼大事，但也是商品構成的一部分。

更何況，槿嫿是為了上元節這段時間衝銷量才特意設計出這盒子，如今竟被別家盜取了，那勢必會影響到「美人妝」的生意。

槿嫿回想起那日到作坊去的場景，對宋承先道：「一定是那作坊老闆搞的鬼，對了，當時有個穿得很闊氣的男人也在裡面，他還特意問我弄這些紙板做什麼？我沒留心，直接告訴他是要拿來裝胭脂水粉的。」

「男人？什麼樣的男人？」宋承先饒有興趣地問。

槿嫿回憶道：「就是個五十歲上下，長著一張方臉，額頭很寬，看起來挺有錢的男人。」

宋承先眼珠一轉道：「如果我沒猜錯，那個人就是寶記的東家郭友長。」

「我與他素不相識，自開店來，從不曾得罪他，他為何要這麼做？」槿嫿委屈憤怒地道。

斷人財路，天打雷劈，更何況是用這麼卑劣的手段。

「只要成了同行，就是明裡暗裡的競爭對手。」宋承先意味深長地道：「有了這麼一個強敵，槿嫿妹妹以後做事可要當心。」

槿嫿不禁有些懊惱，她這次確實是十分不小心，可她哪會想到有人會在這紙板上算計她！

「哥哥還有事，先告辭了。」宋承先把兩盒香粉留在桌上，看了眼愁眉苦臉的槿嫿，轉身離開了。

「哥哥慢走。」待他走遠了，槿嫿才回過神來，木木地說了這麼一句。

學館裡要過了正月才開學，張夫人帶著張學謹和阿來回老家過年去了，要到二月分才回來，穆子訓只能獨自在宅子讀書寫文章。

這幾日生意比較好，槿嫿回來得比平日晚。

還不到春，太陽下山早，一到那日頭西落，霞光漸漸深了的時刻，穆子訓就特別想娘子。想她，便到門口等她。

每日黃昏時，見到槿嫿的身影從不遠處的扶桑樹下走來，簡直是他一天中最舒心的時刻。

這日下午，夕陽西斜，把門前的石板路照得微微發亮。

穆子訓估摸著槿嫿要回來了，照例又到門口去等她。

不一會兒，扶桑樹下果真出現他一見就歡喜的身影。

「娘子。」穆子訓高興地走上前去。

槿嫿卻不似平日裡那樣嬌嬌甜甜地回他一句「相公」，而是滿懷心事地應了一聲「欸」。

不僅槿嫿不高興，跟在她旁邊的小梅也是愁眉苦臉的，穆子訓的心不由得咯了一下。

這幾天，槿嫿每次回來時都是滿臉高興的，那些精緻的盒子吸引了許多顧客，槿嫿賺了許多錢，還老是拿他當初說的「妳賣的是盒子還是胭脂」的話打趣他。

可，今天是怎麼了？

穆子訓牽著槿嫿的手進了屋，給她倒了一杯茶，關切地道：「娘子，誰惹妳不高興了？」

槿嫿撇了下嘴，一時間不知從何說起。

小梅卻是不吐不快，直言道：「是寶記欺人太甚。那麼大的一家店，欺負咱們新開的小店。」

「這話怎麼說？」穆子訓問。

小梅委屈地道：「少奶奶那天去作坊取貨時，遇見了寶記的東家郭友長，郭友長見咱們『美人妝』用花紙摺成的外盒裝胭脂水粉，便也讓作坊的老闆印了一批同樣的外盒，學咱們的包裝，那上面除了花不一樣，別的地方全一樣。」

小梅越說越氣憤，聲音都有些顫抖了。

「他們店大、名氣大，不知道的人還以為我們學他們的，一下子拉走了不少客人，真是太氣人、太欺負人了。」

而且槿嫿到作坊去找那老闆，質問他怎麼可以以她給的樣圖替寶記做紙板，作坊的老闆還一臉委屈地道：「這位夫人，妳來找我時，也沒說除了妳之外，不許給別人做吧！況且那上面的花都不一樣，怎麼能算照搬呢！」

聽聽，說得多麼理直氣壯、多麼楚楚可憐，這事反倒全是她的錯了。槿嫿無言以對，若她再老上幾十歲，非直接氣暈過去不可。

穆子訓得知了這事的原委後，也氣憤得很。

他想起他剛去學館讀書時，有一回辛辛苦苦地寫出了一篇文章卻被一個姓唐的同窗抄了，那個同窗不但抄了他的文，還趕在他前面把文章交了上去。

李雲淨先生先看了那個同窗的文，後又發現他的文與姓唐的同窗一樣，便以「先來後到」的常理斷定他抄了姓唐的同窗的文章。

穆子訓有口難辯，那種委屈無奈的感覺，便是到了今日，他都無法忘記。

「真是沒有想到，那作坊老闆和寶記的東家都那般無恥。」

槿嬧有氣無力地看了看穆子訓道：「無不無恥又能怎樣？顧客才不管是誰先想到的主意，他們只想用最實惠的價格買到最理想的東西。寶記有自己的作坊，省去了進貨差價，差不多的產品，他們敢放開了膽地往下壓價，咱們跟他比，眼下真的是沒有半點優勢。」

「娘子別急，總會有辦法的。」

槿嬧不開心，穆子訓心裡急，卻也想不出什麼應對之策——胳膊擰不過大腿，「美人妝」現在很難和寶記抗衡呀！

「你們在說什麼？我咋聽到你們說寶記怎麼了？」姚氏聽到聲音，從廚房裡走了出來，兩手往圍裙上擦了幾下，關心地問。

槿嬧見婆婆問起，又把寶記和「美人妝」對著幹的事講了一遍。

說完後，槿嬧笑著自嘲道：「我和那寶記的郭東家素不相識，才第一次見面，他就敢狠心算計我，不知道的，怕還以為我搶了他的錢呢。」

姚氏見槿嬧和穆子訓被人欺負到頭上了，卻對其中的緣由一無所知，沈聲道：「你們跟郭友長是無冤無仇，但寶記的東家跟你們的爹原是有些過節呢！」

「娘，這事如何說起？」穆子訓驚訝地道。

槿嫿同樣十分意外，敢情，郭友長這般針對她，是因為公公？

姚氏嘆了一口氣，緩緩道：「是很久以前的事了，我也是聽你們的爹略略提起過。那時你們的爹還年輕，娘也還未嫁給你們的爹，有一回，你們的爹和寶記的東家郭友長一塊兒到外地做生意，本來兩人交情是很好的，可不知怎的，也許是因為在帳上起了些糾紛，郭友長就和你們的爹斷交了，還恨上了你們的爹。咱家以前做生意時，郭友長也常暗中使些絆子，只是你們不知道罷了。」

「就算爹和他有些過節，都過了這麼久，咱們穆家也不是以前的穆家了。娘子好不容易開了間小店，郭友長是有多大的仇恨，還要揪著那些陳年舊事不放，把怨氣撒到我們這些無辜的晚輩身上？」穆子訓憤然道。

「千人千面，這世上心胸狹隘，小氣的人多得是，你以為可以不計較的，別人偏生要計較。」姚氏嘆氣。

小梅憂心道：「真這樣的話，那咱們不是攤上大麻煩了？郭友長一定會再設法來害咱們的。」

姚氏被小梅這麼一說也緊張了起來。「我看，要不先把店關了？」

槿嫿聽到姚氏說不如先把店關了，認真道：「是福不是禍，是禍躲不過。郭友長剛推了我一把，我就嚇得關門大吉，豈不正長了他的氣勢，滅了自己的威風？我偏不關門，我還要好好經營『美人妝』，把『美人妝』做大做強，氣死那個郭友長！」見槿嬧已下定了決心要把「美人妝」經營到底，姚氏不敢再說話了，穆子訓和小梅也不敢再勸了。

不過槿嬧雖嚷著要把「美人妝」做大做強，氣死郭友長，但也知這事難如登天。「美人妝」與寶記，兩店實力太過懸殊，莫說超越寶記，便是寶記再針對「美人妝」明裡暗裡搞鬼，「美人妝」都不一定招架得住。

她開店做生意，不過是為養家餬口，也沒想著一定要在商界闖出一片天地，成為一名多麼成功的商人。

這一年多來，她一直很滿足於掙點小錢、夠補貼家用的經商小日子。

但跟寶記的這次交鋒讓她幡然悔悟——她若不能變強，在商界立住腳，那她很可能會連掙點小錢、養家餬口的小日子都沒得過。

這一日，槿嬧回到了家裡，正思索著該怎麼樣改變「美人妝」眼下的困境，姚氏悄悄地走了進來。

「槿嬧呀！」姚氏叫。

槿嬧醒過神來，起身道：「娘，妳來了。」

姚氏坐了下來道：「那日娘說的，妳可別放在心上。」

槿嬗被她一說，一時間不知她指的是什麼。

姚氏道：「娘知道妳打理一個店不容易，娘那天說的關門不過是隨口說說。」

姚氏後來仔細一想，郭友長不好對付，可是「美人妝」若關了，一家人的生計可成了問題。見槿嬗這幾日愁眉不展，她怕槿嬗想不開，真把門關了，到時又說是她慫恿的，那她豈不裡外不是人？

槿嬗看出了姚氏的心思，笑道：「娘，妳放心，咱們的店是不會關的。」

「妳公公在時曾和我說，窮則思變。有些事一條路走不通，就另尋一條路走，未嘗沒有生機。」姚氏道。

「另一條路……」槿嬗若有所思地唸著這句話。她這幾天一直想著如何在銷售經營上下工夫，幾乎是進了死胡同。

如今姚氏這麼一說，她突然有所領悟了——她明明可以走另外一條道的。

槿嬗茅塞頓開道：「謝謝娘，兒媳有主意了。」

她的主意，便是到西坊去——不是去西坊進貨，而是去找人！

她想清楚了，城中如「美人妝」這樣的妝粉店還有好多家，每一家貨源又差不多，她若要脫穎而出，不能僅靠新奇有效的銷售手段。

這些手段很容易被別家學了去，別家要依樣畫葫蘆，用她想出來的方式和她爭生意，她不僅沒法阻止別人這麼做，還要吃悶氣。

所以，關鍵點還是在於貨品本身。

「人無我有，人有我優。」寶記不就是靠著獨家的潤膚香膏，才傲視妝粉行的嗎？她到西坊去拜訪那些手工純熟的工匠，是希望能從中找到一名可以長期合作，又敢於創新的手藝人，能專門為「美人妝」研發出獨一無二的商品。

但，這事說起來容易，做起來難。

陸陸續續走訪了一個多月，槿嫿依舊是一無所獲。即使穆子訓每天忙著讀書，早出晚歸的，也察覺出了槿嫿的焦慮。

春夜暖和，外邊細細地飄著牛毛小雨，各種蟲聲蛙聲隱約可聞。窗被掩上了，屋裡點著松油燈，便能聞到比素日裡更清晰的松油味。

穆子訓在燈下讀書，寬大的書本擋住了他大半邊臉。

槿嫿解了外衣正要到床上睡覺，想起了找人的事，又唉聲嘆氣起來。

穆子訓聽到這聲嘆，放下了手中的書，輕聲道：「等院試過了，我陪娘子到西坊去……不，我替娘子去找。」

她找了這麼久一無所獲，穆子訓能好到哪裡去？

槿嬧仰天長嘆。「我覺得這事靠找是沒用的，得靠運氣。」

穆子訓看著槿嬧失落的樣子道：「娘子可聽過伯樂相馬的故事？真正的千里馬是可遇而不可求的，但如果沒有去尋找，不具有一雙識別千里馬的慧眼，那就永遠不可能找到千里馬。」

「伯樂相馬……」這個故事，槿嬧倒略有耳聞。

她走向穆子訓，雙手托腮，拄著桌面，嚴肅地道：「相公說的有理，可是，你說，我會不會是個瞎眼的伯樂？西坊就有千里馬，可因為我眼瞎，偏偏發現不了。」

穆子訓捧起了槿嬧的臉，仔細地盯著槿嬧的眼睛，一本正經道：「這位姑娘的眼睛長得水靈靈的，又有神，不像個瞎的，依在下拙見，不至於認不出千里馬。」

「說的也是，我也是這樣覺得。」被穆子訓一逗，槿嬧又有了找人的動力。

西坊這邊，大大小小的作坊加起來大約五十餘家。

一般的私人小作坊，都是黑瓦白牆，有的會在門口掛個招牌或者旗子，告訴別人這家做些什麼，有些則是連招牌旗子都沒有，一般這樣的人家，吃的都是老主顧，或者本身已有名氣，不怕沒客人上門。

槿嬧眼下正置身於一排整齊又有些老舊的白牆黑瓦前。

下午得了空，她又到西坊來了，找了一下午，今天跟往常一樣依舊沒什麼收穫。

她抬起頭來，見紅日西移，幾隻鳥雀都開始歸巢了，便打算回去。路過一條小巷，一股清新淡雅的花香迎風吹來。

她聞著這花香有些似曾相識，一時間卻記不起這是什麼花的香，不覺循著花香去了。

在一間平平無奇的瓦屋前，她看見了那些花的真面目——紫茉莉。

在仲春的夕陽下，一大叢紫茉莉張著一個個小喇叭，開得活潑熱鬧。

紫茉莉是當地十分常見的一種花——植株生長速度快，花多，氣味芳香，因在黃昏開放，又被人稱為「煮飯花」。

那瓦屋的大門敞著，門上掛了個木製的舊招牌，隱約可見「脂粉」兩字。

屋內有個長相老實、年紀瞧著二十出頭的工匠，正低頭研磨著紫茉莉的種子。

他的身旁有一大盤已去掉殼的紫茉莉種子，沒了殼的紫茉莉種子潔白如玉，倒似一粒粒糖果，惹人喜愛。

為了了解妝粉的做法和種類，槿嬗這段時間看了不少有關這方面的書。她只知鄉下人得了疥癬、瘡瘍之類的毛病會用紫茉莉的根葉煎湯搗敷，卻不知紫茉莉的種子有什麼作用。

那工匠把去了殼的種子放進一個石缽裡，拿起石錘慢慢地研磨著，直到把石缽裡的種子磨碎了，才發現槿嬑盯著他，他十分不自然地別過了臉。

槿嬑意識到了自己的失態，收回了愣直的目光，走上前去，隔著門道：「這位師傅，在下孤陋寡聞，不知師傅是否方便告訴在下，這些種子有什麼作用？」

年輕的工匠默了一會兒，許是見槿嬑說話態度還不錯，低聲道：「美白祛斑。」

聽到這一句，槿嬑腦中頓時靈光閃現，若紫茉莉有這樣的用處，那是不是意味著紫茉莉也可用在脂粉上？

她小心地問：「師傅怎麼知道紫茉莉的種子可以美白祛斑？」

「試過。」

這簡短的回答肯定了槿嬑的想法，她難以抑制內心的激動，興奮道：「師傅試過，那師傅可有想過把這些紫茉莉種子製成妝粉，流通到集市上？」

年輕工匠聽到她這麼說，臉色微變，似被槿嬑戳到了什麼痛處。

經過剛才的觀察和對話，槿嬑此時已認定眼前這個人就是她要找的「千里馬」。踏破鐵鞋無覓處，得來全不費工夫。

槿嬑高興得差點手舞足蹈，一時間也不管對方願不願意聽她說話，愛不愛搭理自己，倒豆子一般，噼哩啪啦道：「這位師傅，不瞞你說，我是個做妝粉買賣的，我在十八里街開了家妝粉店，叫做『美人妝』。這次到西坊來，就是為了找一個像師傅這樣的人，如今找到了，簡直是天意。師傅，請加入『美人妝』和我合作吧，只要我們共同努力，不久後，我們一定可以在妝粉行闖出一片天地。」

那年輕的工匠起初是發懵，後來，他仔細地打量了槿孅一會兒，見槿孅所言所行，非正常人所為，不是個瘋婆子，便是江湖上愛給人洗腦的女騙子，為防止自己受到傷害，他直接起身把門關上了。

槿孅見他往她這邊走來，以為他是要過來和她說話，誰知，他是過來關門的呀！

「這位師傅，『美人妝』真的需要你……」

槿孅還想垂死掙扎一下，可看著那扇冷冰冰的門，她整個人都蔫了。

難道她剛才說錯了什麼？還是她不夠誠意，這人怎麼不聽她把話說完，就把門關了？

槿孅鬱悶地胡思亂想了一會兒，還想去敲門，又覺不妥，只得回去了。

「哈哈哈，笑死我了。」穆子訓從學館回來，聽完槿孅的講述後，笑得前俯後仰，整個人都有點站不住了。

「有什麼好笑的？」槿孅氣鼓鼓地道。

她正為這事難受，他居然還敢嘲笑她。

為了讓穆子訓心疼她，明白她的不容易，她還特意向穆子訓強調了那人不理她，把門關上的情景。

穆子訓緩了緩氣道：「娘子，妳一向聰明，今天怎麼犯起傻來了？哪有人才見一面，就和別人談什麼商業合作的，若『美人妝』忽來了這麼一個人，滔滔不絕地請妳到他店裡去一起賺錢，娘子會去嗎？」

不，她不會去，她只會把那人當成騙子或者瘋子一般看待。

明白了這一點，再回憶起之前發生的事，槿孅也忍不住笑了起來——衝動誤事，激動也誤事。不怪別人不待見她，她當時的所作所為確實容易讓人誤會。

「嘻嘻嘻，我知道怎麼做了，我明兒再找人到西坊去仔細打聽打聽。」槿孅道。

下午她雖吃了閉門羹，但回去時，還是沒忘記向人打聽那工匠的姓名。

住在他對街的一個女人告訴她那人叫向小湘，是西坊裡出了名的悶葫蘆。除此之外，槿孅對向小湘便知之甚少了。

「是該好好打聽，知彼知己，百戰不殆。更何況，娘子要找的是一個長期合夥人，自是能力、人品都該過得去的。」穆子訓說完，又道：「不過，娘子，妳確定向小湘就是妳要找的千里馬嗎？」

「是。」

「為什麼？」

「女人加商人的直覺。」槿嬙神秘地笑道。

第八章

經過一番打聽，槿嬧可算把向小湘的大體情況弄清楚了。

向小湘是西坊的本地人，他做脂粉的手藝源自他父親。可七年前，他的父母就都去了，他有個姊姊，但早嫁人了，嫁得又遠，幾乎沒回來過，向家可以說只剩向小湘一人。

向小湘雖有手藝，也愛在研究各類妝粉上花心思，但因性子內向，主顧少，一年到頭也賺不了多少錢。

又因他不善言辭，家底也不大好，二十七了，還是個光棍。

西坊裡好多人瞧不起他，給他取了個外號叫「悶葫蘆」，他性子悶，跟男人們說不上話，跟女人更說不上話。

這也是槿嬧上一次見到向小湘時，發現向小湘和她說話時總不太自然的主要原因。

但槿嬧可不怕向小湘不會說話，不善交際，她需要的是工藝師傅，不是站櫃檯接待客人的夥計，而且像向小湘這樣的人，越不在交際上花心思，越能在鑽研上做出成績。

幾日後，學館的李雲淨先生要外出，穆子訓得了一天閒，槿嬧特意備了份厚禮，囑託穆子訓帶著禮品到向小湘家裡去充當說客。

她也想過親自去，但考慮到向小湘面對她時會彆扭，搞不好事情沒談攏，反又被人趕出來。於是，她便把這事交給穆子訓了。

而穆子訓果然沒讓她失望，只上了一次門，就把向小湘說動了。

經過了一番協商後，槿燼成功地把向小湘簽到了「美人妝」。

就在她為簽下向小湘的事高興時，西坊那邊陸陸續續傳來了一些讓人聽了不舒服的聲音。

「『美人妝』的東家好沒眼光，居然選中了悶葫蘆向小湘，他做出的那些東西，根本沒人要。」

「就是就是，論城中的妝粉店，『美人妝』也排不上名，那東家還跟向小湘搞在一起，我看沒過多久，他們兩個保准一塊兒玩完。」

「喲，那穆家好不容易才死灰復燃，現在又自找麻煩來著，真是人要往坑裡跳，攔都攔不住。」

槿燼和向小湘簽契的事做得低調，沒想透露給外人知道。

但她之前老跑到西坊去尋人，最後才敲定了向小湘這麼一個合夥人，再加上向小湘的性子是西坊手工藝人中出了名的悶葫蘆，特別引人關注。因此，就算她再低調，消息還是被人傳了出去。

這些閒言閒語對於正打算大展拳腳的槿嬧和向小湘來說格外的刺耳，連小梅都從別處聽到了這些議論。

這日，店裡沒有什麼客人，小梅想起了向小湘那張不苟言笑的臉，有些彆扭的對槿嬧道：「少奶奶，那個向小湘真的靠得住嗎？」

「什麼向小湘，要叫向師傅。」槿嬧道。

「我聽好多人說，他做出來的東西根本沒人要，少奶奶，我真的很擔心妳被他騙了。」

小梅是真的怕槿嬧上當，畢竟槿嬧請向小湘研製新品，是要花不少錢的。萬一向小湘什麼都研製不出來，或者研製出來的東西一毛不值，那槿嬧的錢不是就有如打水漂，這「美人妝」不是遲早得關門？

槿嬧若是沒錢，那她就有可能再次被遣散，如此一層一層地想著，她不得不擔心。

槿嬧還來不及回小梅的話，抬起頭來，卻發現向小湘站在店門口。她和向小湘簽了合約，今日，是她讓向小湘到店裡來取研製費用的。

小梅沒想到向小湘會這時過來，想到她剛才說的話很可能被他聽到了，連忙低下頭去，不敢看他。

槿嬧把早已準備好的錢拿出來，客氣地對向小湘道：「向師傅，這是五十兩銀子，還請向師傅先清點清點。」

向小湘這些年一直醉心於研製各類脂粉，但他認識的那些主顧都墨守成規，不願嘗試他新研製的脂粉，他受了一次又一次的打擊，不免心灰意冷。

那日初見槿嬧時，雖然她說話有些瘋瘋癲癲，但言語裡卻透露出了對他的欣賞和肯定，他當時是頗為感動的，不然，穆子訓找他談合作也不會那麼順利。

憋屈了這麼多年，好不容易終於遇到了欣賞他的人。但誰知道他還沒揚眉吐氣，反倒先受了許多唾沫星子。別人說他就算了，槿嬧身邊的小梅居然也這麼說他。

雖然認識的時間不長，但小梅在他心裡可是天底下最可愛、最善良的姑娘。

他也不知道自己到底是在生小梅的氣，還是生自己的氣，或者別人的氣，槿嬧叫他清點銀子，他也不清點，直挺挺地在那兒站了好一會兒後，他斬釘截鐵地對槿嬧道：「棠掌櫃，只要我一天沒把棠掌櫃想要的新品研製出來，我向小湘絕不會拿『美人妝』一分錢。」

她請他來研製新品，不收錢怎麼成？

槿嬧想他是被小梅激到了，瞪了一眼小梅，對向小湘賠笑道：「夥計不懂事，向師傅千萬別往心裡去。」

「我向小湘說一不二，棠掌櫃不必再多言了。」向小湘用力地撂下了這句話後，就離開了「美人妝」。

小梅此刻，是連想死的心都有了。

「少奶奶，我不是故意的，我不知道……早知道他要來，我什麼都不會說的。」小梅越說越害怕，越說越後悔，到後邊眼淚都流出來了。

「妳自己闖的禍，妳自己去跟人家道歉。」槿嫿氣呼呼地道。

「我知道了。」小梅抹著淚跑了出去。

槿嫿也不知道小梅是怎麼和向小湘道歉的，只知道這日後，向小湘便把自己關在家裡，門都沒怎麼出，更沒再踏進「美人妝」一步。

槿嫿問起小梅那日的情況，小梅一臉委屈地說：「他說了他不生氣的。」可這哪像不生氣？向小湘不但不來「美人妝」，也沒把那五十兩銀子取走。

槿嫿心想向小湘一定還在氣頭上，不如先讓他緩緩，等氣消了，再上門去和他好好解釋說明。

就在槿嫿忙著新品的事時，院試的時間也一日比一日近了。

科考在即，穆子訓愈發勤奮，幾乎到了廢寢忘食的地步。

槿嫿和姚氏見他如此，有些擔心他把身子熬壞了，但一看住在家裡的張學謹也整日裡讀個天昏地暗，張學謹的娘張夫人非但沒勸，還很欣慰，槿嫿和姚氏便不敢在穆子訓面前說些什麼。

到了這種關鍵時刻，萬一她們說錯了什麼話，惹他分了神，那可太罪過了。

院試時間在四月初七，初一那天，槿嫿和姚氏起了個大早，備了三牲果品到王神廟給穆子訓祈福，祈求王神保佑穆子訓考試順利。

王神是當地的土地神，守護一方百姓，但逢年過節，或遇上一些大事，百姓們都會自發地到王神廟來燒香祈福。

考秀才是大事，因此在考秀才的前幾日，前來燒香祈禱高中的人是走了一撥又來一撥。

這一日，槿嫿和姚氏去了，張夫人也去了。

張夫人似是很善於拜神之事，磕頭祈禱的樣子比誰都專心，嘴裡還叨叨地唸著槿嫿聽不太懂的話。

槿嫿的目光莫名地被張夫人拜神的模樣吸引住了。

她雖然也來拜神，但不過求個心安和好兆頭，若要她真相信這世上有神存在，卻是不大可能的。

就在她看了張夫人好一會兒，再抬頭望向頭頂上那尊莊嚴肅穆的神像時，心裡驀然發虛——拜神時走了神，還質疑神的存在，不知道她正跪拜的這尊神會不會怪罪她！

這般想著，她下意識地又瞥了眼神像，總覺那高高在上的王神目光很不友好，似在責怪她。

槿嫿更加心神不寧了。

離開了王神廟，她去了店裡，姚氏和張夫人一塊兒回宅子。

今天光顧「美人妝」的顧客不多，槿嫿因為早上的事，一直心神不寧，也沒什麼心情去招呼客人，把接待客人的事都交給了小梅。

下午，她的右眼突然間跳得厲害。

常言道：左眼跳財，右眼跳災。槿嫿心裡愈發覺得不對勁，便讓小梅早早地關了鋪門回家去。

姚氏正在院子旁的菜地裡摘菜，見槿嫿回來得早，隨口問道：「今天怎麼這麼早就回來了？」

槿嫿還沒有回答，姚氏忽想起了什麼，站直了道：「是不是有人到店裡找妳的麻煩？」

自出了上回那件事後，姚氏總擔心郭友長會再找槿嫿的麻煩。

「沒有的事。」槿嫿走向姚氏，摸著胸口道：「我心裡悶得慌，就想著早點回來。

相公回來了嗎？」

「訓兒哪能這麼早回來。」姚氏盯著槿嫿的臉看了一會兒道：「我看妳臉色不太好，是不是哪裡不舒服？」

「也說不上哪裡不舒服，就是不舒服。」槿嫿有些擔憂地跟姚氏道：「早上我跟婆婆去拜王神時，走了下神，或許剛好被王神瞧見了，祂老人家不高興了。」

「噓……」姚氏忙做了個噤聲的手勢。

背地裡是不許議論「神」的。人都不喜歡被人在背地裡指指點點，更何況是神呢！槿嫿真是口無遮攔，還說王神不高興，神是斷了七情六慾的，不可能不高興。

槿嫿見婆婆阻止自己說下去，便不敢再提什麼「王神」的事了。

「妳要是沒別的事，到廚房裡去烙幾個餅來，這樣訓兒回來了就有得吃。」姚氏道。

「好的。」

槿嫿應著，正要往屋裡去，身後遠遠地傳來了穆子訓的腳步聲。

她回過頭來，果然是穆子訓和張學謹一塊兒回來了。

但這事太不對勁！

首先，他們回來得忒早，其次，大好的晴天，穆子訓卻似淋了場大雨一樣，從頭到腳都濕答答的。

「訓兒，你這是怎麼了？」姚氏也發覺了穆子訓的不對勁，一把挎起菜籃子，走到他面前問。

姚氏問的，正是槿嫿也想問的。

「學館裡有個同窗不小心落水了，我不是會游泳嘛！就下水把他救了上來。」穆子訓道。

張學謹也在一旁幫腔。「穆大哥當時可真是太英勇了，見那齊盛在水裡掙扎，二話不說便跳了下去。穆大哥古道熱腸，救人於危急，實在是讓學謹佩服得五體投地。」

「啊！你下水了，那你有沒有事？」槿嫿上下打量著穆子訓，生怕他哪裡磕著碰著了。

「沒有，我好著呢。」

「那、那個齊盛呢？」

「他也沒事，現在應該快到家了。」

剛救了一個人，穆子訓心裡很高興，也很自豪，說話語氣都格外輕快。

「先別說了，都濕成這樣了，趕緊換身乾淨的衣服去。」姚氏生怕穆子訓著了涼，推著他的手催促道。

「現在天氣熱了，就當是洗個冷水澡，哪那麼容易就著涼生病了。」穆子訓不以為然地道。

「院試就要到了，凡事不怕一萬，就怕萬一，還是聽娘的，趕緊把衣服換了。」姚氏苦口婆心地道。

槿嫿也認同姚氏的說法，一邊吩咐小梅去燒熱水，一邊拉著穆子訓進了房間。她從衣櫃裡翻出了一套乾淨的衣服，要穆子訓先換上。

穆子訓嫌麻煩，對槿嫿說：「洗了澡再換上，反正也濕了一路了。不然，我身上髒兮兮的，這衣服豈不又讓我弄髒了。」

槿嫿聽著也是在理，先把衣服收了起來，拿了塊乾帕子替他擦了擦頭上和臉上的水道：「你呀！你都不知道我今天一整天心神不寧的，右眼跳得厲害，總擔心會出什麼事。」

「真的？」

「真的，結果你那邊果然就出事了，還好不是什麼大事。」槿嫿擦掉了穆子訓臉上的泥點，心有餘悸地道：「不是我說你，以後見人掉下了水，別一股腦兒地就跳下去救。這救人是好事，可你的水性也不是一頂一的好，要是有什麼意外，你讓我怎麼辦？」

「見死不救不是大丈夫所為，娘子多慮了。」

「我哪多慮了，水火無情，可是眾人皆知的道理。」槿嬗見穆子訓不當一回事，開始念叨道：「你忘了，前幾年有個老人不小心落了水，一個路過的年輕人也是好心去救他，結果老人是被他救上來了，他自己的雙腳卻陷入了淤泥裡，體力不支溺水死了，他原也是個會泅水的。

「還有那一年的端午節，幾個小丫頭相約到河邊玩耍，其中一個不小心溺了水，其餘幾個站在岸上本好好的，伸手去拉她，結果一個接一個地都被水沖走了。」

槿嬗越說越害怕，她說的，也是穆子訓聽說過的。

穆子訓知道槿嬗是在擔心他，扶住了她的肩膀道：「娘子的心意我明白，我會小心的。」

「你明白就好，我不是不讓你救人，只是希望相公以後碰到這樣的事不要莽撞，在救人前一定要先保重自己。」槿嬗溫柔地看著他道：「別忘了，你可是有媳婦的人。」

「不敢忘，為了能與娘子白首到老，為夫一定會努力活到九十九的。」

聽到他這麼說，槿嬗這才笑了。

她示意穆子訓轉過身，替穆子訓解了頭髮，見他髮上黏了不少綠苔水草，搖頭道：「這麼髒，可得好好洗洗，不然到時準長蝨子。」

過了好一會兒，小梅燒好了熱水。
槿嫿便把穆子訓帶到了天井處，拿了個大盆，替他洗起了頭。
夕陽西下，天井四周染上了一層暖黃的霞光，這樣的霞光，最是宜人，令人心靜。
穆子訓彎腰把頭浸在了木盆裡，他的頭髮便如水草一般在盆面上散開了。
槿嫿一手按著他的後脖子，一手往他髮上抹皂粉，輕輕地揉搓了良久後，那皂粉開始起沫子。
隨著她的揉搓，穆子訓全身也慢慢放鬆。
槿嫿怕他自己洗不乾淨，偏要到天井裡來幫他洗頭，一開始他還有些拒絕，現在卻享受得很。
「舒服嗎？」槿嫿輕輕地按揉著他的腦袋，低聲問。
「再重一點。」穆子訓道。
槿嫿加大了力度，十隻手指皆沒入了水中。
這時，阿來從學謹屋裡走了出來，見槿嫿十分賣力地在給穆子訓洗頭，瞪大了雙眼道：「穆官人這麼大的人了，還要娘子幫著洗頭。」
「小孩子，懂什麼，管人家夫妻間的事。」小梅站在一旁拿著塊乾帕子，見阿來嚷得大聲，白了他一眼。

阿來不過比小梅小三歲，但這個年紀的男孩子長得不比女孩子快，因此小梅看起來都是個大姑娘了，阿來還是副毛小子的模樣。

見小梅瞪他，阿來紅著臉扭頭走了。

槿嫿笑了笑，把溫水澆到了穆子訓的頭上。

終於把他的頭髮沖洗乾淨了，槿嫿接過了小梅手裡的帕子，把穆子訓的頭髮包了起來，叮囑道：「快去洗澡吧！洗的時候注意了，別把帕子弄掉了。」

「好咧。」

姚氏見穆子訓笑著往浴室去了，走過來對槿嫿道：「那個叫什麼盛的同窗是個什麼樣的人？」

「是齊盛，比子訓小些，我以前聽相公說，他爹是個舉人。」槿嫿回道。

「齊……齊舉人呀？」

「娘知道他？」

「知道，妳公公在時和齊舉人也有些往來。不過齊舉人出身於書香世家，不是很看得起咱們這樣做買賣的人家。」

士農工商，商排在最後，人家出身高，瞧不起人也屬正常。

「沒想到訓兒會救了他兒子，也不知道他們那一家把不把這救命之恩當一回事，記不記這個情分。」姚氏碎碎地說著。

天氣一暖，夜比之前短了。

入夜後，牆根下一隻蟋蟀在拚命叫喚。

還算寬敞的臥房內點起了兩盞油燈，槿嫿坐在桌子旁一邊縫著衣服，穆子訓則披著髮坐在另一邊看書。

他們的一雙身影映在牆上，靜靜的，默默的。

良久，槿嫿似想起了什麼，抬起頭來道：「相公，那蟋蟀可吵到你讀書了？」

「不去注意倒不覺得吵。」穆子訓翻著書，眼皮都未抬。

「那還是吵。」

槿嫿拿起剪刀，把連著衣服的線剪斷了，再把針往線團上一插，舉起了油燈就要出去。

「娘子妳幹麼去？」

「我要去找找那蟋蟀在哪兒，把牠丟遠一點，免得擾了你讀書。」

槿嫿邊說邊舉著油燈往外走去。

天井在上空圈了一個長方形，長方形內是如斗的繁星，那些不規則的星在漆黑的天幕上閃著光，似要往下墜一般。

夜風拂面甚是涼爽，大水缸裡盛著水，水面映著淡淡的星光和火光，微微瀲灩著。角落裡的一株紫茉莉幽幽地散著香。

槿嫿循著聲，發現那蟋蟀聲正是從紫茉莉花枝下傳來的。

她慢手慢腳地走過去，舉起燈一瞅，泥塑的花盆上果然趴著一隻綠頭蟋蟀。

那蟋蟀見人來了，停了叫喚，一動也不動，連頭上兩隻頭髮絲般細的觸角也靜止了。

槿嫿快速地伸手一捏，便捏住了牠窄小的身子，然後打開宅子大門，把牠丟到了菜園裡去。

做完這一切後，回到屋裡，槿嫿頓時覺得耳根子清靜了不少。

「妳把那蟋蟀弄死了？」穆子訓好奇地問。

「沒死，丟到菜園裡去了。」槿嫿的臉上露出了孩子一般天真的笑。「相公快考秀才了，我不好殺生，得給相公多積些陰德呀。」

「難得娘子處處為我著想。」穆子訓說著，似想起了什麼，感慨道：「時間過得可真快。」他復讀也就一年，眨眼間就要考試了，即使他再努力，心裡也沒什麼底。

槿嫿點頭道：「一天天的過，倒不覺得快，可一想到有些事已經是很久以前發生的，便又覺得快得嚇人了，比如，我與相公成親都八年了。」

「人的一生中能有幾個八年，這麼算來，我與娘子也算老夫老妻了。」穆子訓微微一笑，握住了槿嫿的手道：「這些日子顧著讀書，有些冷落了娘子，娘子會不會怨我？」

槿嫿幽幽地看著他道：「怨倒不至於，就是有點吃醋。」

「吃醋？」穆子訓哭笑不得。「妳相公又沒拈花、也沒惹草，娘子吃哪門子醋？」

「我吃書的醋不行嗎？」槿嫿嘟囔道。

當初是她力勸他讀書考科舉的，可他真一心撲在了考科舉上，她又時常覺得對穆子訓而言，她還沒有他手裡的書重要。

穆子訓聽到這話，先是吃了一驚，然後忍不住笑了起來——他的娘子果然與眾不同，居然會跟書爭風吃醋，他還是頭一回聽到這麼新奇古怪的說法。

「笑什麼？不許笑。」槿嫿捧住了他的臉，一本正經道：「相公聽旨，這段時間，為妻批准相公先跟書恩恩愛愛，但院試結束後，相公可得以妻為重，好好補償人家。」

穆子訓忍著笑，輕輕地拿鼻子碰了下槿嫿的鼻子道：「行，都聽娘子的。到時娘子想怎麼補償，相公我就怎麼補償。」

「那你現在好好讀書吧。」槿嫿俯下身在穆子訓臉上用力地親了一下後，便鬆開了手，往床上走去。

穆子訓看著她的背影，笑著笑著，忽覺胸口一緊，劇烈地咳嗽了起來。

槿嫿嚇了一跳，轉過身道：「怎麼咳成這樣了？不會真著涼了吧！」

「沒有，沒有。」穆子訓連忙搖頭道：「可能是剛才說話時喉嚨進了些風，咳咳……娘子妳睡去吧！」

「你今天為了救齊盛，到底在水裡泡了多久？要不我給你熬碗薑湯，好祛祛寒。」槿嫿不放心道。

「沒事，真不用，妳看我現在不是好好的嘛！別擔心了，快去睡吧！」穆子訓道。

槿嫿猶豫了一會兒，見穆子訓沒再咳，想是她擔心得太多了，便脫下了外衣上床睡下了。

第二日，齊舉人和齊夫人帶著齊盛一塊兒到穆家來了。

他們是來感謝穆子訓的，不僅送了酬金過來，還送了好些禮品，請了幾個樂手，又是敲鑼、又是打鼓，不一會兒，街坊鄰居都知道穆子訓救了齊舉人家的兒子。

他們弄得這般鄭重，倒讓穆子訓覺得十分過意不去。

「穆公子，這是五百兩銀，是我和夫人的一點小小心意，還請穆公子一定要收下。」齊舉人命下人抱來了一口小箱子，指著那口小箱子道。

「這可使不得，在下和令郎同在學館讀書，互幫互助是應該的，昨日不過只是舉手之勞，哪當得起齊老爺和齊夫人這般大禮。」穆子訓趕緊起身推辭。

「穆公子過謙了，昨日的情況，小犬已和我詳細講過，小犬向來不通水性，若不是穆公子及時出手，小犬今日哪還能站在這兒。我和拙荊只生了這麼一個兒子，盛兒若有個三長兩短，我和拙荊……」齊舉人想起這個，還心有餘悸，一臉後怕。

齊盛站在一旁連忙點頭。「是呀！滴水之恩，當湧泉相報，更何況是救命之恩，子訓兄就不要再推辭了，莫不是子訓兄嫌這五百兩少了？」

齊盛覺得自己的命怎麼也不僅值五百兩。

他自小衣食無憂，出手也十分闊綽，要是這事他能自己做主，怎麼樣他也要湊夠一千兩，這樣才能顯示出他的誠意跟身價。

「不，太多了，太多了，子訓愧不敢當，愧不敢當。」穆子訓見他們這般恭敬愈發不舒服。

姚氏見穆子訓推三阻四的，心裡好不著急。

人家都把錢送上門了，卻之不恭呀！

而且這可不是小錢，而是五百兩銀子。有了這五百兩銀子，就算穆子訓沒考中秀才，之後的生活也有了保障呀！

齊舉人正色道：「穆公子切莫再推辭，《呂氏春秋》中有載，『子路拯溺者，其人拜之以牛，子路受之。孔子曰：魯人必拯溺者矣。』穆公子見義勇為，我齊家知恩圖報，公子收下謝禮合情合理，可謂一舉多得。」

姚氏聽不明白齊舉人的「咬文嚼字」，但見他說完話後，穆子訓變了臉色，鄭重地道了聲。「前輩說的甚是有理，那子訓就恭敬不如從命了。」姚氏便覺齊舉人不愧是舉人，說的定是一等一的好話。

齊舉人一家到宅子裡來答謝穆子訓時，槿嫿並不在，等她回到宅子後，她才聽婆婆說起了這事。

「沒想到齊家倒是個知恩圖報的，五百兩呀！出手可真是太闊綽了。」槿嫿睜大眼睛，連聲感嘆道。

自打開門做生意後，她對錢就特別敏感，五百兩，她要賣多少胭脂水粉才能賺夠五百兩呀！

「我現在有些後悔。」穆子訓坐在太師椅上，有些無所適從地道。

「後悔什麼？後悔救了齊盛？」槿嫿順口道。

「後悔收了這筆鉅款。」穆子訓頭疼地道。

「有啥好後悔的，這又不是你搶來的，逼著人家給的錢。我看這是天意，不然你想想，怎麼齊盛落水時，恰好就被你看見了，而你恰好又通水性呢！你要是不在，你要是不通水性，都救不了齊盛。是齊盛命大，齊家不該絕後，才讓你做了他的救命恩人。」姚氏頭頭是道地說。

「這是人家的一番心意，不收下人家也過意不去，相公你就別多想了。」槿嫿也幫忙著勸他。「相公若覺過意不去，日後咱們就多做些好事，這樣不就行了？」

姚氏見穆子訓不說話，想了想道：「那個……齊舉人早上說啥來著，什麼春秋……牛……」

早上穆子訓就是聽了這段話後才收下錢的，姚氏覺得她有必要再把齊舉人的話說一遍，可她實在記不住齊舉人講了什麼？

「春秋？牛？」槿嫿聽了這十分不著邊的話，一頭霧水。「齊舉人想送我們一頭牛，這也太闊氣了，給了這麼多錢，還要送牛，這牛咱們可不能再要了。」

「啊，妳跟娘都想哪兒去了，齊舉人說的是一本書，那本書叫《呂氏春秋》。」穆子訓端坐起來，認真地解釋道：「裡邊有一個故事，說是孔子的學生子路，有一天救了個落水的人，這個被救的人為了報答子路，就送了子路一頭牛，子路高興地把牛收下了。」

「這個子路不就是相公？」槿嬗恍然大悟道。

穆子訓微微一笑。「子路收下了牛後，有人說子路太貪心，做得不對。子路的老師孔子就出來說，子路做得很好，因為子路的行為告訴了世人，好人有好報，這樣以後就會有更多人願意救人於危難水火中。」

姚氏聽到這，忙拍了下桌子道：「原來如此，齊舉人是希望咱們子訓能像子路一樣，給大家樹立一個好人有好報的形象，這事若傳出去，自然就會有越來越多的人願意做好事，難怪他早上叫人又是敲鑼、又是打鼓的。」

「齊舉人果真是高風亮節，很有學識和遠見。」槿嬗由衷地嘆道：「那相公你怎麼還不高興呢？」

「因為我覺得收了禮，就違背了當初救人的本心。」穆子訓道。

「相公這就太不痛快了，不管你收不收錢，你救人都是事實，往最簡單地想，你收了錢，齊舉人一家就安心了，以你自己一個人的不安心，換他全家人的安心，這很划算呀！」槿嬗道。

聽到槿嬗這番歪理，穆子訓硬是愣了半晌，才回過神來道：「娘子說的似乎有些道理。」

「你娘子說的話啥時沒道理了？再說收都收了，你再把錢退回去，不就顯得婆婆媽媽嗎？」
穆子訓見姚氏和槿嫿都在開解他，便不好再提後悔收錢的事。
他把這五百兩銀分成了一大一小兩份，小份的放在姚氏那兒，大份的則交給槿嫿。
他知道槿嫿接下去打算在「美人妝」上架向小湘最新研製的新品，而自主製作新品需要大量的資金，槿嫿之前正為錢的事發愁，眼下有了這筆錢，資金的事也算迎刃而解了。
槿嫿原本還想著要不要再向宋承先借些錢，現在錢的事情解決了，她高興得很，覺得上天都在幫她。
事事比她想像中的還要順利如意，又給了她一種接下來一切都會十分如意的美好感覺。
可誰知，穆子訓在這種時候卻病了。
齊舉人一家來了穆宅的第二日早上，槿嫿像平時那樣，在太陽還未大亮時起了床。她醒來時，發現穆子訓還躺在她身邊，霎時覺得很不尋常。
這段日子，他為了讀書，可是每天睡得比她晚，起得比她早。
槿嫿以為穆子訓是昨晚讀書讀太晚，睡過頭了，推了推他的身子想喚他起來讀書。

可推了好幾下，穆子訓都沒有反應。

「相公，起來讀書啦！」

槿嫿下意識地拍了下他的臉，發現他的臉燙得嚇人。

「相公，你怎麼了？相公，你醒醒！」

在槿嫿的又推又喊下，穆子訓終於睜開了眼，虛弱地看著槿嫿道：「娘子，別推，我難受，喘不過氣來。」

「你發燒了你知不知道！」槿嫿心急地下了床，給他倒了碗熱水。

穆子訓兩手無力，竟是連碗都端不住了。槿嫿見狀，更是心慌，端著碗餵他喝下水後，強裝鎮定道：「相公，你先休息，我去給你找大夫。」

穆子訓含糊地應著。

槿嫿穿好衣服出了屋子，小梅正在天井裡漱口，看見槿嫿神色有些緊張，用力地把漱口水吐到了地上道：「少奶奶早，出什麼事了？」

「子訓他發燒了，妳快到外邊去請個大夫過來。」

「好，我這就去。」小梅應著，一刻也不停留地穿上布鞋出去了。

姚氏在屋裡聽到槿嫿喊小梅請大夫，心裡著實「咯噔」了一下。

一大早的，要是尋常的頭疼腦熱，槿嫿不至於會這麼匆忙地喚小梅去請大夫，那子訓一定是病得不輕了。

她把頭髮挽成了個髻，穿了件深藍的長袖外衣，直走向兒子、兒媳的屋裡道：「訓兒怎麼了？」

「娘，子訓他發燒了，人都有些迷糊了。」槿嫿道。

在她心裡，穆子訓身子一向很好，她嫁給他這麼多年，除了偶爾吃錯東西鬧鬧肚子，他就沒生過別的病。

像這樣發著高燒，躺在床上起不來的情景，還是頭一遭，莫說她嚇壞了，姚氏也嚇壞了。

她的訓兒可是穆家的獨苗呀！

「都怨我，前日他一身濕回來後，我都聽見他咳嗽了，卻沒有給他熬薑湯喝，他一定是救齊盛時受了寒，才燒起來的。」槿嫿自責地道。

「這怎麼能怨妳呢！訓兒這麼大的人了，自己還不知道要保重自己嗎？」姚氏走上前來摸了摸穆子訓的額頭，見燙得厲害，心裡也很是不安，可見槿嫿都要哭了，不好再說些不吉利的話嚇她，溫聲道：「妳別擔心，訓兒的身子一向很好，等大夫來了，吃了藥，這燒一定很快就退的。」

「嗯……」槿嫿忍著淚點了點頭。

小梅的腳程倒快，半個時辰後，便把大夫請到家裡來了。

大夫診了脈，問了緣由，道是穆子訓近來勞累又兼寒邪入肺，才致病勢有些凶急，此番好後，也得吃藥好生調養，才不致落下病根。

槿嫿聽到大夫說穆子訓「近日勞累」，想是讀書讀出來的，直後悔自己只想著他勤奮苦讀是好事，從沒勸他好生休息，愈發覺得自己這個娘子做得不稱職。

大夫給穆子訓扎了兩針，開了藥方。

槿嫿付了診費，又讓小梅拿著藥方去抓藥。到了日上三竿時，那藥才熬好了。

槿嫿端了藥餵穆子訓，穆子訓全身發燙，兩頰通紅，整個人昏昏沈沈地，好像連人都認不出了，灌了老半天只喝下了半碗藥。

姚氏見他連藥都喝得那般辛苦，眼淚驀然滾落。

槿嫿發覺之前比她鎮定的婆婆如今急了起來，反而沒有那麼慌了。一個家裡出了事，若人人都亂了陣腳，情況只會更糟。

槿嫿餵完穆子訓後，扶著他躺下，拿了塊冷帕子敷在他的額頭上。

這時，張夫人帶著學謹還有阿來一塊兒來了。

了解了情況後，張夫人皺眉不語。

張學謹擰緊了眉毛，嘆著氣道：「再過五天就要科考了，訓哥這時病了，萬

「……」

張學謹說到這兒，發現他娘在給他眨眼，不敢再往下說了。

姚氏和槿嫿聽到張學謹這麼說，心裡更痛，她們豈會不知道穆子訓有多重視這次考試，他幾乎是拿了命去讀書，若趕不上這次考試，就得再等上一、兩年……一、兩年不是等不起，但他付出了那麼多精力和心血，就為了這麼一場考試，最後卻錯過了，那種無奈與遺憾絕對是椎心的。

送走了張夫人幾個後，槿嫿和姚氏相顧只是默默嘆息。如今，她們不敢指望別的，只要穆子訓能快些好起來，她們就覺萬事大吉了。

大概到了午後，穆子訓的燒終於退了。

他整個人清醒了許多，還喝得下稀粥，大家心裡都鬆了一口氣。

穆子訓見槿嫿幾個都圍著他看，有氣無力地笑道：「病來如山倒，病去如抽絲。妳們放心，我明兒一定好了。」

「相公，你現在覺得怎麼樣？呼吸時還難受嗎？」槿嫿道。

穆子訓提起一口氣，又慢慢地往外吐著。「好多了，娘子別擔心了。」

「訓兒，你有沒有特別想吃的，娘給你做？」姚氏半彎著身子道。

「沒有。」穆子訓搖了下頭，又道：「我想看書。」

這種時候還看什麼書？

槿嫿輕拍了下穆子訓的肩膀道：「好了再看，不急的。」

穆子訓望向了他的書桌和他桌上的書道：「娘子，妳替我把那本《論語》拿過來。」

「你還病著呢！」

槿嫿忍不住在心裡埋怨穆子訓不聽勸。

「我不看，我就是想摸一摸，把書放在床頭，我躺在床上也安心。」穆子訓道。

槿嫿覺得他這句說得也像胡話，但他都這麼說了，她豈能不順著他？

她走到書桌前取了《論語》，放到了穆子訓手裡。

穆子訓摸了摸《論語》，一臉滿足地抱著《論語》又躺下睡了。

姚氏見他睡了，把槿嫿叫到了一旁，擔憂地道：「我怎覺訓兒還是很不對勁？」

槿嫿看了眼姚氏，欲言又止。

姚氏急道：「都什麼時候了，有話妳直說！」

「雖說相公主要是因為那日跳水救了齊盛，才染了寒邪的，但我心裡總覺害怕。」

「妳害怕什麼？」

「婆婆忘了初一那日的事嗎？我那天就心神不寧的，右眼跳得厲害。」槿嫿道。

她素日裡並不是個信神信鬼的人，可這會兒，她卻有幾分信了。

這信，歸根究柢算不得迷信，只是穆子訓突然間病了，她覺得太不尋常，又無法給自己一個合理的解釋，心裡難受得很，鬼神之事便成了她精神宣洩的寄託處。

姚氏想了一會兒道：「我去準備香燭銀紙，妳待會兒到王神廟好好跟王神賠禮道歉，祈求祂大人莫記小人過。」

「嗯。」槿嫿點了點頭。

因為心裡顧忌著這事，這回槿嫿到廟裡去，可謂禮數周到，心意虔誠，沒有任何做得不周到的地方。

她從王神廟回到家後，總覺完成了一件大事，心裡輕鬆了不少，心裡一輕鬆，她瞧著穆子訓像是也好受了起來，非常確信穆子訓明兒一早便好了。

可事實上，她高興得太早了。

穆子訓午後雖退了燒，夜裡卻又發起了燒。

槿嫿再次慌了起來，覺得之前請的大夫不中用，便花了更多的錢，另請了一個大夫。

結果這個大夫治了兩日也沒多大效果，穆子訓還是反覆發熱，全身無力，人都瘦了兩圈。

槿嫿再怎麼告訴自己不要著急，看見穆子訓這樣也急了起來。

大夫卻很平靜，說這病就是這樣的，一時半刻還真好不了，按他所斷，以穆子訓目前的情況來看，至少得五、六天後才能初見療效。

五、六天才初見療效，他的病等得起，他也等不起。

距離院試只剩三天了，穆子訓原本一直壓抑著心裡的恐慌急迫，得知大夫說他至少得五、六天後才能初見療效，再也無法假裝平靜了。

一時間，他的臉更紅了，喘得也更厲害。

難道他就這般命途多舛，該有這麼一劫？

一直都好好的，偏是院試臨近，就來這麼一遭。

不，他不信命，就算這是命，他也不認！

第九章

大夫走後，槿嫿見穆子訓激動得咳了起來，忙過去替他撫了撫胸口，勸慰道：「相公，沒事的，留得青山在，不怕沒柴燒，這次考不了，咱們還有下次。」

穆子訓使勁地搖了下頭道：「不，這次無論如何我都一定要去考場。娘子，妳把書給我拿來，我要好好溫習。」

「相公，你別這樣。」槿嫿差點哭了，此時，她真的很後悔當初不應該慫恿穆子訓去考秀才。

「我沒事的，這兩日我也沒犯過迷糊，不過就是發發燒，沒什麼大礙的。」穆子訓說著，拉住槿嫿的手道：「把書都拿來，放在床邊，我好幾天沒看書了，我要把那些書都讀了。」

槿嫿見他這般執著，心裡無比難受，只是含著淚呆呆地看著他。

穆子訓見她不動，就想自己下床去拿。

槿嫿只好忍著淚，跑到書桌那兒，把放在桌上的一大疊書和冊子都搬到了床上。

穆子訓拿起了最上邊的一本書，如饑似渴地讀了起來。

槿嫿見他有些瘋魔了，又不敢在他面前哭，只好默默地走了出去，到婆婆屋裡跟婆婆訴起了苦。

姚氏聽了槿嫿的話，眼睛也一下子紅了。「現在還能怎樣！他病著，他想讀書，妳就讓他讀，妳不讓他讀，他心裡不舒坦，鬧起性子來，萬一病得更厲害，這不是作孽嗎？」

「可他現在這個樣子，讀書只會傷身傷神。」槿嫿道。

「那有什麼辦法，他現在這樣，妳勸都不頂用，我這個一把年紀的老娘又能怎樣？要是讀暈了過去，我們再給他找大夫。」

槿嫿原本還指望婆婆能給她出些主意，去勸勸穆子訓，聽到姚氏這麼說，更覺無望了。

姚氏拍了拍胸口，嘆息道：「我想了又想，訓兒這病沒準兒跟王神沒什麼關係，王神是神，做神的哪會那麼小氣。」

「那是什麼緣故？」

姚氏皺眉，神經兮兮道：「是水鬼。我昨兒遇見那賣肉的王大嬸，王大嬸聽說咱子訓病了，就跟我說，齊盛落水的那條河十多年前死過人，死在水裡的人都會變成水鬼，沒拉替身便投不了胎。那水鬼一定是盯上齊盛了，誰知咱子訓救了齊盛，斷了水鬼投胎的路，他怨氣大，便拿咱子訓出氣，不然，齊盛在水裡泡的時間比咱子訓長多了，怎麼他一點事沒有，偏是咱子訓一個人病了，還病得這麼重。」

槿嫿被姚氏說得一驚一愣地，張開了嘴，老半天才道：「這該如何才好？」

「我去請個道士，到那條河旁作法，再給那隻水鬼多燒些紙錢，想法把他送走，讓他別再纏著咱子訓。」姚氏已打算好了。

槿嫿已到了病急亂投醫的地步，聽到姚氏這麼說，忙點了點頭道：「那就這樣，有錢能使鬼推磨，他要多少錢，我們給他多少錢。」

「不准去，淨整些沒的！」穆子訓不知何時出現在了門口，聽見姚氏和槿嫿在說水鬼的事，忍不住出聲阻止。

「哎呀！相公，你怎麼出來了？你不能吹到風的。」槿嫿趕緊把他拉進了屋裡。

穆子訓扶著額道：「我有些餓了，想到廚房找些吃的。」

「你餓了，你喊我、喊小梅呀！」

「我不想再躺在床上當個病人，由著妳們伺候了。」穆子訓認真地看著槿嫿和姚氏道：「妳們也別拿我當病人，整日裡疑神疑鬼的，該做什麼做什麼去。」

因為他的病，槿嫿的生意也不做了，每日就圍著他團團轉，他瞧著心裡不是滋味。

「不是我們拿你當病人，而是你本來就……」槿嫿說著摸了下穆子訓的頭道：「還燙著呢！你快回去躺著。」

「我不躺著，越躺人越沒勁，我想好了，接下來我只管好好吃藥、好好吃飯，一定比天天躺著好得快。」

「相公，我知道你一心想著去參加科考，可在我心裡，沒有什麼比相公的身子更重要。」

「我又不是不治、不吃藥，只是覺得也不是什麼大病，不必太緊張。妳看我現在能走能吃的，妳們放寬心吧。」

他是能走能吃，可他一直在發燒呀！人發燒就同泡在熱水裡，時間一久，怎可能不出事！

槿嫿替他緊了緊身上的袍子，扶著他回了屋。

穆子訓喝了一碗水，又吃了一碗麵湯後，靠著牆翻起了書。

雖然他不許槿嫿和姚氏疑神疑鬼，但姚氏還是背著他，找了道士到河邊作了法、燒了紙錢。

穆子訓病著，槿嫿每日都心神不寧，生怕穆子訓病情又加重，或再出什麼意外。

穆子訓要她回「美人妝」好好開店做生意，槿嫿也不去，每日只管一刻不離地守著他。

不知道是姚氏請的道士作法生了效，還是藥起了效，穆子訓的精神忽好了許多，雖然吃得少，依舊是退了燒又發起燒，但說起話、走起路都比之前有勁多了。

一晃眼，初七到了，院試的日子也來了。

這一日，天還未亮，槿嬗就醒了。她醒來的第一件事便是去摸穆子訓的額頭。她一時間也摸不準他是不是還發著燒，便把手伸到了他的胳肢窩去。

穆子訓被她弄醒了，在她的手還沒鑽到他的胳肢窩去時，一把把她的手推開了。

「娘子，我好著呢！」

「唉……」槿嬗不知道他說的是真的還是假的。

這兩日，她有些懷疑，穆子訓是不是怕她阻止他去參加院試，才在她面前做出一副「好了」的樣子。

「相公，你真要去？」明知道他是非去不可的，她還是忍不住問。

「當然了，什麼都準備好了，馬車也叫好了，不去不是白忙活了？」

槿嬗知道勸不住他，心裡有些心酸，唇角卻微微上揚，笑著道：「好，我去給相公熬些瘦肉粥，喝了瘦肉粥，再送相公到考場去。」

「辛苦娘子了。」穆子訓如釋重負地道。

槿嬗起了身正要下床，又轉過頭道：「相公，你不能騙我，也不能逞強。」

考秀才，一考就是一整天，尋常人考完試，都有累得暈倒在考場上的，更何況穆子訓生著病。

「我真沒事，我很好，娘子，妳放心吧！」穆子訓肯定地道。

槿嫿沒再說什麼，穿戴整齊後，往外邊去了。

穆宅不遠處有家豬肉攤，賣豬的屠戶姓王，那「水鬼」的事就是他婆娘王大嬸跟她婆婆姚氏說的。

槿嫿到王屠戶那兒買豬肉，王大嬸也在，開口笑道：「穆家娘子，起得好早啊！」

槿嫿回笑道：「來兩斤瘦肉。」

趁王屠戶切肉的空隙，王大嬸又道：「穆官人身子怎麼樣了？聽說今天就是考秀才的日子呢。」

「要去的，我就是要買肉給他熬瘦肉粥的。」槿嫿道。

「不錯不錯，那證明穆官人身子是好的。」王大嬸有些驕傲地道：「不是俺說，這也得多虧俺讓妳婆婆去請道士燒紙錢，不然穆官人今天怕是去不了考場呢！」

「是是，多虧王大嬸。」槿嫿此刻倒真希望那道士已把所有作惡的「鬼祟」消滅了。

「等妳家官人高中，記得請俺喝杯喜酒，也好讓俺沾沾秀才郎的喜氣。」

「借王大嬸的吉言，一定一定。」

槿嫿拿了豬肉付了錢，回到了宅子裡。小梅正在灑掃天井，婆婆在廚房裡蒸饅頭，穆子訓待在屋裡卻還沒出來。

槿嫿洗了肉，拿到砧板上切成了薄片。

她的肉粥煮好後，婆婆的饅頭也蒸好了。

槿嫿出了廚房對小梅道：「妳去問問學謹吃早飯了沒，不然讓他到咱們這一塊兒喝粥吃饅頭。」

「好。」小梅應了一聲，往西邊的屋子去了。

槿嫿進了房間，穆子訓已穿好了衣服。

他站在窗前，大開著窗望向還有些灰濛的天空，一動也不動，那神情與姿勢似在祈禱。

「相公。」槿嫿低低地喚了他一聲，見他回過頭來，才道：「粥煮好了。」

「嗯。」穆子訓應了一聲，沒再說些什麼。

槿嫿也不知說些什麼好。

吃了早飯後，一切準備妥當，車伕準時地駕著馬車來到了穆宅門口。

槿嫿陪同穆子訓、張夫人陪同張學謹一塊兒上了馬車。

「學謹，進了考場千萬別緊張，要沈著冷靜知道嗎？」張夫人握著張學謹的手叮囑道。

「是，娘，妳放心，孩兒會好好考的。」學謹十分懂事地道。

他還不滿十五歲，但天資聰穎，這次的院試應是不在話下。

若張學謹以這樣的年紀考中了秀才，定會成為城中的一件美談、許多學子的榜樣，至於大了他十歲，好幾年沒讀書，去年才又撿起書本的穆子訓能不能通過今年的院試，那就很難說了。

槿嫿感覺到了穆子訓的緊張，下意識地握住了他的手。

穆子訓的手背有些發涼，手心卻熱呼著。

槿嫿心裡一跳，憑著直覺，她幾乎可以肯定，穆子訓又發燒了。

這種時候發燒，她是應該勸他回家，還是由著他上考場？

不待槿嫿做出決定，穆子訓察覺到了槿嫿的心思，別有意味地看了槿嫿一眼。

他在用眼神請求槿嫿放他進考場。

槿嫿心裡頗感煎熬，一時間只是出神地看著穆子訓，卻不知該說些什麼、做些什麼。

張學謹不明所以，以為槿嫿是擔心穆子訓考不中，笑道：「嫂子請放心，學謹跟穆大哥一同讀了快一年的書，穆大哥一定能考中秀才的。」

槿嫿聽到他這話，莫名覺得高興，學謹雖小，但生就一副可靠的模樣，她自然覺得他說的話也很可靠。

「娘子，我會好好考的。」穆子訓乘機委婉地向槿嫿表明心意。

槿嫿知道穆子訓此時想去考場的心，就如離弦的箭一般是收不回了，只得點頭道：「相公放心去考，我會在考場外等著相公的。」

「娘子也請放心。」穆子訓捏了捏槿嫿的手道。

考場設在府衙，穆子訓和張學謹到時，考場外已排起了一條小長隊，所有考生得經過官兵的仔細檢查後，才能進入考場。

進了考場，還得再點名，點完名，參加考試的考生才能拿到領試卷的票據。

這些事情的具體之處，就不是待在場外的槿嫿能關注到的了。

她和張夫人在考場附近的豆漿店坐了下來，攤裡除了她倆外，還有不少考生的家屬。

一群認識的、不認識的人因為同個原因聚集在了一塊兒，很快便聊了起來。

張夫人是個嫻靜的，素來話少，槿嫿心裡藏著事，也不想說話。

兩個人便叫了一大碗豆漿、一屜點心，邊慢慢地喝著，邊等。

也不知過了多久，太陽漸漸曬了，空氣也熱了起來。考場外，傳來了一陣熱鬧歡喜的敲鑼打鼓聲音。

原來這院試歷來便有個講究，前三十名交卷的考生，出了考場都能享受到鑼鼓手的歡送。

而考場裡的規矩是一次只能放行十個人的，因此每逢院試，鑼鼓手吹打三次便散了。

聽到鑼聲和鼓聲後，豆漿店的人都不由自主地直起脖子往道上看去。

槿嫿和張夫人也向那邊探頭探腦。

「瞧見子訓了嗎？」

「沒有，我家學謹也還沒出來。」張夫人坐下來道：「慢工出細活，咱不急。」

槿嫿也坐了下來，拿起勺子喝了一口豆漿。

這豆漿端上來時直冒白氣，熱得燙嘴，如今已是溫的了。

好一陣後，又響起了一陣鑼鼓聲，大家又都往道上看去。

槿嫿和張夫人還是沒有見到穆子訓和張學謹，又低頭坐了下來。

槿嫿下意識地喝了一口豆漿，才發現這豆漿已全冷了。她喝不慣這麼冷的豆漿，端起碗要小二添些熱豆漿進來。

等重添的熱豆漿又冷了的時候，鑼鼓聲再次響起。

這一回，槿嫿和張夫人終於見到了一張熟面孔——張學謹出來了。

張夫人見兒子出了考場大門，原本有些繃著的臉立即鬆懈了下來，嘴角噙著笑，往外走去。

張學謹一眼便望見了張夫人，直往這邊奔來，輕鬆又乖巧地喊了一句。「娘。」

槿嫿也跟著走了出去，只看見張學謹，沒見著穆子訓，一時間心裡空落落的。

「你訓哥還沒出來？」張夫人見槿嫿有些著急，替槿嫿問道。

「訓哥還沒出來嗎？我和訓哥不在同個屋子裡，我還以為訓哥已經出來了。」張學謹道。

「外邊熱，到裡邊來說話。」張夫人拉著學謹進了豆漿店。

槿嫿隨著他們進去。

三人坐下後，張夫人招呼店小二上一碗半熱的豆漿和一小屜饅頭。

寫了老半天的文章，張學謹當真是餓了，端起豆漿便海飲起來，沒一會兒，盛著豆漿的碗便見了底。

張夫人見兒子喝得快，忙叮囑著慢些，又拿起了一個饅頭，待張學謹放下碗後，才把饅頭塞到了他手裡。

張學謹喝了一大碗豆漿，肚子有些飽了，吃饅頭時便斯文許多。

「學謹，考得怎麼樣？」張夫人忍不住道。

「就跟平日裡讀書寫文章一樣。」張學謹把饅頭嚼爛，吞進了肚子裡才回道。

跟平日裡一樣，那便是發揮正常，張夫人聽到張學謹這麼說，心裡也有了底。

「那題目難不難？」槿嫿道。

穆子訓這個時候還沒出來，她有些擔心是不是題目太難了，穆子訓寫不出來。

「不難。」張學謹搖了搖頭。

槿嫿忽覺自己問了也等於白問，每個考生的程度都是不一樣的，對於文章題目的難易感受也不一樣。

在她心裡，張學謹是個天生讀書的料，他的「不難」，在穆子訓那指不定就是「很難」。

不是她信不過穆子訓，而是今天她見了這考秀才的場面，坐在豆漿店裡聽著別人的議論，才知道這考秀才就同「百萬大軍過獨木橋」，也是人生一等一的難事。

反正只要穆子訓一刻沒從考場出來，她這心裡就一刻也不能安穩。

時間一點一滴地過去，眼瞅著午飯時間都快到了，槿嫿想到穆子訓是天還沒大亮時吃的早飯，考到現在，肚子一定早就空了。

他身子又不好，再加上餓，如何能頂住？聽說考場會發些伙食，但也不知道是哪個時間發，發的又是什麼？萬一不合他的口味，他吃不下，或者吃了後肚子鬧起來，又該如何？

槿嬗胡思亂想著，覺得自己活像一個老媽子，考場裡的那位既是她的相公、也是她的兒子。

正失神中，張學謹衝她喊了一聲。

「嫂子，訓哥出來了！」

槿嬗身子一抖，瞪眼往考場那條道望去，一個身著青衫、身形有些單薄的男子正站在太陽底下，向四周張望著。

她的相公終於出來了，槿嬗樂得整個人快跳起來。

「相公！」她出了豆漿店，向穆子訓飛奔而去。

「娘子！」穆子訓道。

槿嬗原本的欣喜興奮，在發現穆子訓說話有氣無力、臉色發白後一下子消失殆盡了。

「相公，你怎麼了？」槿嬗扶住了穆子訓的手臂。

穆子訓還沒來得及說話，眼前一黑，身子一垮，便暈倒在了槿嫿身上。

在家休養了七、八日後，穆子訓的身子終於大好，放榜的日子也來了。

那一日，入考場前，穆子訓知道自己又發起了燒，可他不甘放棄，硬著頭皮進了考場。

進了考場後，在答卷寫文章的過程中，他雖感不適，但也不是撐不住。直到他答好了卷，起身要去交卷時，才發現自己全身無力，兩眼發黑，險些站立不穩就要往前栽去。

他強撐著精神交了卷，出來後見著了槿嫿，心裡一鬆懈，便直接暈倒了。

槿嫿那時整個人都嚇傻了，一時間的念頭是萬一穆子訓有個三長兩短，她便也隨他一起去。

幸虧張夫人和張學謹都在，張夫人和張學謹一面安慰她，一面幫著槿嫿把穆子訓送進了附近的醫館。

在大夫的及時救治下，穆子訓漸漸醒了過來。

後來回到了家，穆子訓在床上一連躺了三天，燒才終於退了，不再發作。接著又喝了四、五天藥，身上的精神氣才又回來了。

見穆子訓大好了，槿嫿一直懸著的心終於放下了。

穆子訓這些日子雖然病著，但心底一直記掛著院試放榜的事。

他怕提起放榜，會讓槿嫿想起他不顧死活去參加考試的事而不高興，因此即使惦記著這檔事，也不敢在槿嫿面前多提。

卻不知，即使他沒提，槿嫿也在幫他留意著。

十六月圓之日，便是放榜的日子。

十五那一天，穆宅裡的每個人心裡都開始七上八下的，做什麼事精神都不太集中。

張夫人覺得張學謹應該是沒有問題的，但她也怕有什麼意外。

穆子訓這邊更不用說。

雖然他拚著命進了考場，完成了考試，但他復讀的時間短，寫文章時還發著燒。

槿嫿曾委婉地問他考得怎麼樣，得到的回答卻是：他記不太清了，他甚至記不太住他寫了什麼內容。

聽到穆子訓這麼說，槿嫿下意識地覺得這回是完了。

但只要還沒有看到「完了」的結果，心裡總還抱有一絲僥倖與希望。

十五那一夜，穆子訓和槿嫿都失眠了。

第二日，放榜的日子終是來了。

一早吃了早飯後，穆子訓便約了張學謹、齊盛幾個一同前去府衙看結果，槿孃幾個留在家裡等。

大約一個半時辰後，穆子訓和張學謹回來了。

槿孃、姚氏、張夫人、小梅幾個站在門口，見他們兩人是笑著回來的，心裡皆是一喜。

「怎麼樣了？」

「怎麼樣了？」

張夫人拉住了張學謹。

槿孃和姚氏拉住了穆子訓。

「兒子考了個第七名。」張學謹道。

「我，跟學謹差遠了，第十七名。」穆子訓道。

院試分正試與複試，正試中考進前二十五名的考生，才有資格參加複試，過了複試，才算真正中了秀才。

雖然穆子訓考了第十七名，名次有些靠後，但好歹也進了複試，這可是意外之喜。

槿孃和姚氏皆笑得合不攏嘴的，激動地說著「好」字。

槿孃道：「齊舉人家的公子齊盛呢？」

「齊盛考了第十五名。」穆子訓答。

「不錯，齊舉人教子有方。那那個平日裡帶頭欺負你的姓趙的同窗呢？」槿嫿又問。

「哈哈，落榜了。」

穆子訓下意識道：「他落榜了。」

「哈哈，落榜了，可真太好了。」槿嫿有種大仇得報的感覺。

那趙日升平日裡在學館欺負她家相公，如今落榜了，看他還怎麼得意得起來。

穆子訓聞言，看槿嫿的眼神一下子複雜了起來。

他從不曾在槿嫿面前提起他在學館被趙日升等人欺辱的事，槿嫿怎麼會知道這號人？

張學謹也發覺槿嫿說漏了嘴，看到穆子訓幽幽地往他這邊瞟來，下意識地躲避著穆子訓的眼神。

姚氏看著槿嫿，不解道：「妳說什麼？有人經常欺負咱子訓？」

「沒有，我沒說。」槿嫿趕緊否認，然後轉移了話題。「今天真是太高興了，一定要好好慶祝慶祝。」

「等過了複試再一併慶祝吧。」穆子訓道。

俗話說「樂極生悲」，他雖過了正試，卻不敢保證自己就一定能過複試。複試若過不了，還是與秀才無緣。

況且，他都不知道這次他過了正試憑的是能力還是運氣，所以在最終結果出來前，他認為還是低調些好。

「這是小慶祝，等過了複試再來個大慶祝。」槿熗道。

「沒錯，還是得好好慶祝，增些喜氣。」姚氏握住穆子訓的手感慨道：「真沒想到，咱子訓病著上了考場還能榜上有名，要是你爹還在，也會特別高興的。」

提起穆里候，姚氏和穆子訓一時間都沈默了。

槿熗攙住了婆婆的手臂道：「這是這一年多來，相公勤學苦讀的功勞。咱們進屋裡說吧！」

如此，大家才前前後後地回到了屋裡。

正試成績出來了，穆子訓的身子也好了，槿熗不須再牽腸掛肚的，便把心思從穆子訓的身上挪到了「美人妝」上。

這些時日，她光顧著穆子訓，店裡的事幾乎都擱下了。

但這段時間，也有件讓她極高興的事。

那便是向小湘把新品研製出來了，而經過一段時間的試用，新品的使用效果非常理想。

質地輕薄細膩，氣味芬芳迷人，既可美白又可潤膚，還適宜各種年齡層、各種膚質。

槿嬅覺得向小湘所製的新品強過市面上所有的同類產品，因此回到店裡的第一件事便是著意安排新品上市。

之前她愁資金，如今錢已經不是問題，但具體該怎麼花、花在什麼地方，還得再好好規劃規劃。

她讓小梅把向小湘請了過來。

他倆之前鬧了些不愉快，槿嬅還怕向小湘和小梅結下梁子。結果，他們看起來倒比從前更和睦了。

「向師傅請坐。」槿嬅親自給向小湘倒了一杯茶。

向小湘不愛喝茶，但又不好拂了槿嬅的面子，勉強喝了一小口。

「不知道向師傅對新品上市的事有什麼見解？」槿嬅客氣地道。

向小湘想了一會兒，舉起了兩隻手，道：「棠掌櫃，我做不過來。」

槿嬅一愣，不知道他這話到底是什麼意思，難不成他想撂手離開「美人妝」？

小梅趕緊提醒道：「向大哥的意思是，如果要賣新品的話，那就不只是幾盒、幾十盒的事了，他只有兩隻手，做不了許多。」

「原來如此。」

槿嬗忍不住笑了，還好她剛才沒有把心裡的想法說出來，不然誤會就大了。

「這樣吧！向師傅，我記得你家屋後有兩間屋子是空著的，我設法把它買下來，建個作坊，待作坊建好後，我再招募一批工人，到時該讓這些工人做些什麼、怎麼做，就全憑向師傅決定如何？」

「嗯。」向小湘應了一聲。這是同意的意思。

買屋、建作坊不是小事，穆子訓要備考，槿嬗便先把心裡的打算跟姚氏說了。

在做買賣上，姚氏一直都是比較支持她的，雖然姚氏不懂做買賣的事，但在穆里候身邊待了那麼多年，對一些買賣上的事倒看得很清。

她直覺槿嬗的這個決定，是把「美人妝」做大做強的關鍵一步。

姚氏不僅十分支持，還對槿嬗道：「妳儘管放心大膽地去做，要是訓兒不同意，娘替妳說服他。」

「娘真好。」槿嬗還真有些害怕姚氏不同意，畢竟買屋、建作坊也是有不少難以預計的風險的。

姚氏又叮囑道：「訓兒現在在準備複試的事，妳先別跟他說，等考試過了再提，免得分了他的神。」

「嗯，兒媳明白。」

不管穆子訓怎麼想，婆婆支持她，這事基本是成了。

複試在正試結束的一個月後舉行。

正試重要，複試比正試更重要。若過不了複試，哪怕正試得了第一名，秀才也如到嘴的肉——飛了。

複試前一天，姚氏少不得又到王神廟燒香祈福，因為上回槿嫿做了些衝撞的事，姚氏便沒有再讓她跟來。

姚氏跪在神像前，扔了三次筊杯，三次皆是喜卦。

喜卦便是可以心想事成的意思，姚氏喜出望外，當即許願如果王神保佑穆子訓考中了秀才，她就買一整頭豬來還願。

複試結束後的第三天，府衙那兒果真傳來了喜訊——穆子訓順利通過了複試。

過了複試，中秀才就是板上釘釘的事。

除了穆子訓外，張學謹和齊盛也中了。

張學謹雖是租客，但穆家一個宅子裡出了兩個秀才，還是在城裡引起了不小的轟動。

城裡的人大多都知道穆子訓從前是如何「家道中落」的，見他搬到老宅子住後，也沒尋個營生的法子，反倒讓自家婆娘在外忙裡忙外、掙錢養家，都拿他當笑話，並做好了一輩子看他笑話的準備。

誰知，穆子訓居然中了秀才！

大夥的心情一下子皆有些微妙了，特別是從前那些巴結穆子訓，看見他落魄後又躲瘟疫一樣避著他的人，更像吃了狗屎一般，非常不是滋味。

也不知是誰先帶頭上穆宅道喜送禮的，其他人見狀，也趕集一般湧向了穆宅。

平日裡冷冷清清的穆宅一下子熱鬧了起來，姚氏連沏茶的茶水也快來不及準備。

人逢喜事精神爽，不管來的人是真心還是假意，只要笑盈盈地跟她道一聲「恭喜」，說她家子訓前途無量，姚氏聽著都高興。

但她高興著、高興著，就覺厭煩了。

因為有些人就是來添亂和看熱鬧的。

且不說有人見穆子訓中了秀才，沒完沒了地說些酸話，聽著讓人又無奈、又生氣，就說張學謹吧！他是這次考中秀才的人當中年紀最小的，許多人便把他當成文曲星下凡，還說穆子訓能考中秀才，完全是因為沾了張學謹身上的「文氣」。

有些人特意帶了快開蒙的孩子過來，讓張學謹給他傳授讀書心得，還要張學謹給他們「摩頂」，似乎張學謹摸了那些孩子的頭，他們就全開竅了，如文曲星下凡一般。

更有甚者，趁他們不注意，拿走張學謹屋裡的紙筆、偷偷地撬穆宅外牆的磚、摘穆宅院子裡的菜，說是這些東西都沾了文曲星的「文氣」，吃了、用了保准個個是秀才，姚氏是又好氣、又好笑、又無奈。

張夫人也是不堪其擾，本還想過幾天才帶張學謹回鄉祭祖擺酒。見狀，雇了輛馬車，第二日便帶著張學謹和阿來走了。

如此，那些湊熱鬧、看熱鬧的人才慢慢消停了。

中了秀才是件大喜事，按理說該祭祖，收些份子錢擺酒的。

穆家的親戚大多靠不住，請了他們來，個個心懷鬼胎，皮笑肉不笑；不請，又會落人口實。

穆子訓和槿嫿、姚氏一通商量後，決議請還是要請的，可只請些近親和好友，其餘的就算了。

槿嫿的舅舅、舅媽也屬於近親，槿嫿不知道他們願不願意來，但那請帖是一早就託人送去了的。

她想她發了請帖，便是給足了她舅家的面子，他們若不來，別人談起了這事，也不至於說她這個外甥女不懂事。

況且，穆子訓終於中了秀才，有出息了，她極想把這件大喜事告訴她外婆。她想讓她外婆明白，當初她沒有跟穆子訓和離去給別人做小妾，那是對的。

到了擺酒那一日，李雲淨、張三千、黃老倌一家、齊舉人一家、王大嬸一家、徐二娘等人都來了。

大家齊聚一堂，吃吃喝喝十分歡樂和諧。

黃老倌看著穆子訓，欣慰地道：「穆相公當時來跟我借牛，我就覺得穆相公不是種田的料，還是讀書好呀！考中了秀才，給你爹和祖宗長臉啦！」

「還得多謝黃伯父家的那頭大水牛，要不是牠撞了晚輩一跤，把晚輩掛到了牛角上，晚輩還真狠不下心來好好讀書。」穆子訓作著揖笑道。

回想起那天的情景，其實那條大螞蝗也是功不可沒。牠巴在他手臂上吸血的樣子，時至今日還讓穆子訓一想起來就頭皮發麻。

眾人聽了穆子訓的話都哈哈大笑起來。

槿嫿和婆婆坐在女賓那一桌。

三個女人一臺戲，一群女人坐在一塊兒，可就更熱鬧了。

自大家坐下開吃後，嘴巴就沒停過，不是在吃東西就是在說話。

徐二娘今日許是怕搶了秀才的風頭，不敢穿太紅的，只穿了件茶褐色的衫裙，臉上的脂粉抹得也比素日裡淡，讓人瞧著舒服了許多。

她嚼了塊豬耳朵，吧唧了一下嘴道：「這豬耳朵嚼勁可真好。」

「承妳誇，這可是俺男人今早才殺的豬，穆官人中了秀才，我們殺的這頭豬也是上好的豬。」王大嬸道。

「妳吃吃這豆腐，這豆腐是我家的，也是上好的豆腐。」徐二娘挖了塊豆腐放到了王大嬸碗裡。

王大嬸吃了豆腐後道：「好吃啊！妳的豆腐我也是知道的，確實是好的，我看妳這雙手白得很，不愧是長年做豆腐的，泡得手都白白的。」

「哎喲！我別的地方也白著呢！」

徐二娘說著，大家都忍不住笑了起來。

王大嬸看了看槿嫿道：「秀才娘子，俺聽說妳親娘那邊有個兄弟，今日怎沒來？」

她舅舅那邊，今天非但一個人都沒來，連句話都沒有。好歹是發了請帖的，如此，真讓人覺得鬱悶。

徐二娘撇了下嘴道：「王大嬸，妳可真是哪壺不開提哪壺，也不瞅瞅他們做了什麼事，哪還有臉來。」

王大嬸倒真不清楚槿嫿和她舅舅家的恩怨，聽到徐二娘這麼說，見槿嫿和姚氏又笑得尷尬，便不敢再往下提了。

吃完了飯後，徐二娘悄悄地把槿嫿拉到了一旁道：「穆少奶奶，妳是不是不知道妳娘舅家出了大事？」

「他們家出什麼事了？」

聽到徐二娘說楊家出了大事，槿嫿兩隻眼不由得瞪大。

「看來妳果然不知道，難怪還往他那兒送請帖，嬸子跟妳說吧！楊士誠的商船半個月前出了事，要賠好多錢呢！前幾日我瞧見他婆娘李氏，人可憔悴了，像洩了氣的球一樣，囂張不起來了。」徐二娘含笑道。

「有這事？」

槿嫿還真不知道楊家出了這麼大的事，早知道如此，她絕不會給楊家送喜帖，弄得好像她幸災樂禍，故意送帖子去膈應人一樣。

難怪今天他們人沒來，也沒個聲響，怕是舅舅一家眼下都圍在家裡罵她呢！

「他這也是活該，事情做得太絕了，好日子就到頭了。穆少奶奶，如今妳開著店，生意興隆，穆少爺又考中了秀才，以後指不定穆少爺還會中狀元，讓妳當個狀元夫人，楊家的事，嬸子勸妳別再管了。」

徐二娘認真地叮囑道：「特別是到時妳舅舅、妳舅媽來找妳借錢，妳千萬別軟了心借給他們，想想當初他們是怎麼對妳、對穆少爺的，別好了傷疤忘了疼，白眼狼永遠是餵不熟的。」

槿嫿聽她說得推心置腹，微微一笑道：「徐嬸子的意思我懂，我這人向來恩怨分明，不該幫的人是絕不會幫的。」

「穆少奶奶能這樣想就好，不是我挑撥，他們一家就沒個好東西。妳那個叫婉兒的表妹忒黑心，嫌我家的貓叫春吵到了她，把我那養了五年的母貓都毒死了，哎喲！妳不知道有多慘，母貓肚子裡有好幾隻小貓……」

徐二娘咬牙切齒地把楊家和她家的過節一件又一件地說了出來，其中自然有楊家做得不對的地方，但有些也是徐二娘故意挑刺。

槿嫿默默地聽著，深感徐二娘和她舅舅家結下的梁子實在是太深了。

俗話說「遠親不如近鄰」，他們那樣的近鄰跟冤家一樣，還不如一輩子也見不到幾回面的遠親呢！

所有中了秀才的讀書人，若想更上一層中個舉人，就得參加鄉試。

鄉試在各省省會中的貢院舉行，三年一次。上一回的鄉試在去年，下一回的鄉試便在兩年後。

穆子訓有心考舉人，再等兩年，於他而言也沒什麼不好的，一來他覺得自己的文章寫得還不到火候；二來，他也想趁這空檔好好幫幫槿嫿。

複試結束後，槿嫿就問了他買屋、建作坊的事，與其說是「問」，不如說是已決定好了，告知他一聲。

面對已打算大刀闊斧好好幹一場的槿嫿，穆子訓哪敢說個「不」字。

他不擅長經商，再加上那些年慘痛的經歷，打從心底覺得經商這事風險極大，而槿嫿「初生之犢不怕虎」，卻是敢想敢做。

跟穆子訓講了買屋的事後，槿嫿便開始聯繫屋主人。

那屋主人早已搬去別處，兩間屋子留著也是空著，槿嫿一找他，他立馬便同意了。

有了場地後，建作坊、請工人的事自然水到渠成。

向小湘對新建的作坊十分滿意，之前槿嫿說作坊裡的工人他都可以隨意差遣。雖然他平日裡悶悶的，也不愛說話，但碰見製妝粉的事，卻是變了個人似的，跟工人們講起製作程序頭頭是道，若有哪個工人在幹活時不夠用心，馬虎應付，向小湘也敢板起臉去訓他。

槿嫿覺得向小湘是天生當工坊頭頭的料，對他也越加有信心，但凡有什麼不錯的新品研製出來，她自然是全力推廣。

離十八里街最近的東街上，有著城中最大的教坊，教坊裡姑娘多則上百，少則也有五、六十。

六月的天，太陽毒辣，槿嫿撐著傘挎著籃子從教坊後門走了出來。

小梅跟在她身後，同樣也撐著傘，挎著個籃子。

籃子裡放了許多小盒子，正是向小湘帶著工人近期才做出來的新品。

這新品如今有個正式的名字叫「玉容膏」，這名字是穆子訓取的。

包裝玉容膏的盒上除了「美人妝」店鋪的芙蓉花標記和「玉容膏」三個字外，還有向小湘的「湘」字。

槿嫿這般安排，一是對向小湘的敬重，二是想讓向小湘生出一種從今以後要與「美人妝」同呼吸、共命運的歸屬感和使命感。

小梅抬手拿起帕子給槿嫿擦了擦汗，皺眉道：「少奶奶，日頭太毒了，要不要回去？」

這幾日，槿嫿每天帶著她到各處楚館教坊還有女眷多的大戶人家送玉容膏，她一個粗使丫鬟，連走了幾日的路，腳都瘦了，更別提槿嫿這個「少奶奶」了。

槿嫿溫和地笑道：「送完前面那兩家，我們再回去。」

小梅不解地道：「少奶奶，便宜沒好貨，咱還白送，不是直接就讓玉容膏掉了身價嗎？」

不僅白送，而且為了送這批貨，「美人妝」已經關門好幾天了，不知道的人，還以為「美人妝」倒閉了。

她跟著槿嫿四處去送貨時，那些館裡、坊裡、宅裡管事的女人，對她們也多有愛答不理的。

小梅覺得槿嫿這麼做，就是吃力不討好。

槿嫿胸有成竹道：「要是咱們直接把玉容膏擺到貨架上去賣，哪怕價格再公道，說得再好，她們也不見得就願掏錢買，因為這是新品，沒名氣，也沒人知道它的效果。」

「如果免費送給她們用，她們就樂意用嗎？」小梅問。

「俗話說不用白不用，不是每個人都有興趣用，但一定會有不少人選擇嘗試。」槿嫿道。

那些選擇嘗試的人，都有可能成為「美人妝」潛在的顧客。她送的分量只夠用十來日，這十來日足夠她們感覺出玉容膏的妙處。

而她之所以趕在新品上架前，往楚館、教坊、大宅院送試用新品，是因為這些地方都是女人最多，對妝粉需求最高的地方。

前期虧點錢，是為了後期的盈利，把這五百份試用品免費送出去，她一點也不心痛。

日頭毒，她和小梅特意沿著樹蔭向前走，走到一處巷子時，忽見有兩個人推推搡搡地從一戶人家裡走了出來。

槿熗眼睛一瞪——那穿著藍白窄袖衫、黑色褲子的女人不就是她的舅媽李氏嗎？

「楊大嫂，不是我們不借，這年頭誰都不容易。」那宅子的女人站在門內，一手扠著腰，一手撐著門對李氏道。

李氏臉色鐵青，還想說些什麼，但見了那人的做派，啥也說不出了。

她憤恨地啐了一口，把口水吐在了門檻旁，扭身走了。

「都要吃西北風了，脾氣還這麼大。」那宅子的女主人伸腳踩在了李氏吐的口水上，沒好氣地罵了一句，才把門關上了。

槿熗見狀，不由得想起了秀才宴上徐二娘說的話——敢情楊家真的出了事，不然她舅媽怎會拉下臉到這兒來借錢？

印象中，舅舅發達後，舅媽自恃是個有身分的富太太，很少出來的。

槿熗見李氏灰頭土臉地往她這邊走來，本想躲開，但李氏已瞧見了她。

槿熗尷尬地看著同樣一臉尷尬的李氏，輕聲喚道：「舅媽。」

「嗯。」

李氏嘟囔地回了一聲，眼神一避，扭頭從她旁邊走過了。

走了幾步後，李氏似想起了什麼，又折了回來，有些窘迫地開口道：「我聽人說妳現在開著店，妳男人也中了秀才，日子一定比以前好過了吧！」

聽李氏的語氣，是想跟她借錢。

槿嬧別有意味地笑了笑。「是比前兩年好過得多，這人嘛！過日子總有個起起落落，落到極處，就該起了，當然也有起到極處，又落了的。」

楊家目前的情況怕是跟穆家那時差不多，穆家落魄時，舅舅跟舅媽不僅沒有雪中送炭，還落井下石。

她瞧著眼前的李氏原有幾分同情，可想想她曾對自己做的，心腸不由得又硬了起來。

李氏折回來，原是想和槿嬧借些錢的，但瞅瞅槿嬧的態度，終是拉不下那張臉，又垂頭走了。

槿嬧看著她淒涼的背影，想她若再開口，說幾句好話，她還是能借她些錢的。

從李氏的表現來看，怕是她舅家商船出的事，比她想像中的還要嚴重。

風水輪流轉，各人自掃門前雪。穆家如今日子也不闊綽，就算她不計前嫌，顧念親情，想幫她舅舅一把，也是杯水車薪，頂不了什麼用。
如此，最好是直接不管。

第十章

玉容膏上市的時間跟「美人妝」開業的時間一致，都在七月初七——天氣日漸涼爽的七夕節。

槿嫿和向小湘對新品都寄予厚望，再加上上市前，槿嫿還四處去派送試用品，兩人都預計上市後，玉容膏會有十分可觀的銷量。

槿嫿甚至還在姚氏和穆子訓面前誇下海口，說明年她就可以再建一個作坊。

結果……果然做人是不能吹牛吹太大的。

上市後，玉容膏的銷量實是一言難盡。

大半個月過去了，也沒賣出幾盒，上市了，就同沒上市一般。槿嫿看著堆在倉庫裡的貨，心裡七上八下的。

小梅愁眉苦臉，向小湘更是每日愁得睡不著覺。

他知道槿嫿為了這批貨又是買地、又是開作坊、又是請工人，那是下了血本的。

若這批貨賣不出去，穆家虧本，就算槿嫿不找他賠償損失，他也打算砸鍋賣鐵和槿嫿一同承擔虧損。

西坊裡的人見向小湘研製出的新品果然沒什麼人買，又都嘲笑了起來。
「我就說嘛！悶葫蘆哪有什麼真本事。」
「『美人妝』的東家不該太抬舉他的。」
「我跟你們打賭，『美人妝』撐不過明年。」
這日一早，一夜未睡的向小湘便往「美人妝」去了。
「美人妝」剛開門，槿嬧和小梅正在擺弄貨架上的商品。
向小湘頂了雙烏黑的眼圈進來，瞥見了貨架上擺得齊齊整整的玉容膏，十分無地自容地挪開了眼睛。
玉容膏是他在這行業這麼多年研製出來的最滿意的作品，是他的驕傲。可賣不出去，這「驕傲」就成了「恥辱」，還有心裡的一根「刺」！
槿嬧見他來了，連忙招呼道：「向師傅早呀，水還沒煮好，向師傅先坐會兒，等水開了，我讓小梅給你泡茶。」
向小湘卻不坐，他覺得他對不起槿嬧，沒臉坐在「美人妝」的店裡，也沒臉喝槿嬧的茶。
「向師傅有什麼事想說的嗎？」槿嬧看著一臉心事的向小湘道。

玉容膏賣不出去，槿嫿還對他這麼客氣，更讓向小湘難受。

他動了動嘴唇，正想說出把作坊停了，他砸鍋賣鐵，給「美人妝」當夥計，好賠償槿嫿損失的話，一個穿著粉衣和一個穿著青衣的女顧客牽著手，有說有笑地走進了「美人妝」。

有客人到，向小湘便把到口的話吞了回去。

「二位姑娘要點什麼？」

小梅到裡間去看水了，槿嫿便親自招待客人。

那兩位女顧客的穿衣打扮極像是從教坊那邊來的，她們打量了店裡一圈，目光停在了那一整排的玉容膏上。

「玉容膏是妳們『美人妝』的？」粉衣姑娘問。

「是的，這是我們『美人妝』半個月前研製出來的新品，用了後皮膚又白又嫩，二位姑娘可想試試？」槿嫿有些興奮地道。

終於有人是一進店門，就衝著玉容膏來的了。

「我們試過了，教坊裡的嬤嬤給我們用過，現在用完了，我們要買。」青衣姑娘道。

她猜的果然不錯，她們果然是教坊來的。

槿嫿壓抑著心裡的狂喜道：「二位姑娘需要多少？」

粉衣姑娘和青衣姑娘嘀咕了一會兒，似是在算些什麼。

好一會兒後，她們終於商量清楚了，穿粉衣的姑娘才抬起頭來掃了眼貨架，看著槿嫿道：「教坊裡有不少姊妹託我們買，我們想要五十盒，妳這兒有嗎？」

向小湘一聽到五十盒，眼睛都瞪圓了。

要知道自玉容膏上架後，這大半個月不過只賣出了七盒，不然他也不必下定決心砸鍋賣鐵。

槿嫿一下子笑了，對那兩名女顧客道：「有，這架上不夠，庫房裡也有。」

青衣女子道：「你們打包好後，送到東街教坊去，我們還要去別處看看。」

「沒問題。」槿嫿連連點頭道。

青衣姑娘付了錢就和粉衣姑娘一塊兒走了。

槿嫿立即喊小梅出來打包玉容膏——五十盒可不少，這是玉容膏上架以來一次性賣出的最大的數目。

小梅走了出來，聽到槿嫿說教坊那邊一次性買了五十盒玉容膏，又驚又喜。「少奶奶真的是太厲害了，看來送試用品真的十分有效。可是，之前都沒有什麼人買，教坊那兒怎麼一下子買了這麼多盒？」

「因為試用品差不多用完了。」槿嫿笑道。照這情形來看，接下來應該還會有人上門買玉容膏。

「那真是太好了。」小梅邊說著邊笑嘻嘻地把玉容膏進行打包。

槿嫿這才發現向小湘一直站在一旁沒有離開，笑道：「向師傅這麼早來，是想和我說些什麼嗎？」

教坊一次性買了五十盒玉容膏，又給了向小湘希望，向小湘搖了搖頭道：「沒有。」

「少奶奶，這架上只有四十五盒，還差呢！」小梅清點後道。

「作坊裡有，我叫人送過來。」向小湘心裡高興，說這句話時，一向緊繃的臉上罕見的露出了笑容。

「那就有勞向師傅了。」槿嫿同樣也十分高興。

過了許久，作坊那邊的工人便送了一百盒玉容膏進來。

小梅忙活了許久，總算把教坊要的五十盒玉容膏都妥善打包好了。

槿嫿正想讓小梅順便把貨送到教坊，這時，又有顧客上門，這顧客跟那兩位姑娘一樣，指名要買玉容膏，買的數量雖沒有教坊多，但也有整整二十盒。

槿嫿可樂壞了，讓小梅先別去教坊，先招呼客人，又讓工人再送些貨到店裡來。

自上架後無人問津的玉容膏，一個早上一下子賣出了七十盒，槿嫿不禁有種太陽打西邊出來的感覺。

她只當是今日運氣好，卻不知是向小湘用心做出來的香膏真的十分實用之故。

這個時節，天氣忽冷忽熱，有人皮膚容易乾燥，有人皮膚又容易出油，市面上大部分脂粉無法同時照顧到這兩類人，只有玉容膏，不管是臉上愛出油的，還是乾燥易脫皮的，都可以兼用。

而且玉容膏質地細膩輕薄，搽後不油不膩，能祛斑，又能讓肌膚看起來更水嫩白皙。那些試用過玉容膏的姑娘，幾乎是一用就停不下來，試用品用完了，就立即找上門來買。

用玉容膏的人多了，再加上有口皆碑，一個月後，玉容膏再不愁賣不出去，反要愁供應不足的事。

不少商家見有機可圖，開始找槿嫿談進貨的事，就連外地也有人前來求購。

姚氏和穆子訓這時都明白了，槿嫿說明年就要再建一座作坊的事不是吹牛，而是她真的可以。

美人妝的買賣如火如荼，槿嫿意氣風發，走路都開始帶風。

向小湘憋屈了這麼多年，也終於揚眉吐氣了。

隨著玉容膏的大賣，不僅「美人妝」聲名大噪，他的名聲也傳開了。

西坊裡那些瞧不起他，還有等著看「美人妝」倒閉的人，此時都成了「悶葫蘆」，不想再說話。

其中有幾個沒皮沒臉的，竟還上門去求向小湘教他製作「玉容膏」，真是林子大了，什麼鳥都有，向小湘煩著這些人，索性每天都躲在作坊中，監督工人做工。

玉容膏的大賣，直接衝擊到了這一年寶記潤膚香膏的銷量。

某一天，有個每年都到寶記買潤膚香膏的顧客，甚至特意跑到寶記去，對寶記夥計道：「寶記的潤膚香膏沒有『美人妝』的玉容膏好用，還敢賣那麼貴，遲早倒閉。」

寶記的夥計聽了這話，嘴都氣歪了。

聽聞了這事後，槿嫿淡淡笑道：「寶記的夥計其實不必生氣，如今在妝粉行，寶記的地位還是無可撼動的。不過，以後就很難說了。」

這話後來傳了出去，傳到了寶記那邊，不僅寶記的夥計嘴氣歪了，寶記的大東家郭友長的嘴也氣歪了。

「好個不知天高地厚的女人，賺到了些銀子，就敢跟寶記叫板。」郭友長氣得直拍桌子。

「郭東家，你消消氣，那『美人妝』小家子氣，哪能跟咱寶記比？郭東家你伸個手指頭，都能把她摁死。」郭友長身邊的管事瞪著兩隻綠豆眼睛道。

「哼。」郭友長悶哼一聲，不再說話。

他之前仿了槿嫿的外包裝盒，讓「美人妝」受了一筆損失，就是想給槿嫿一個下馬威。

後來聽說槿嫿在西坊找了向小湘鼓搗新品，他也沒當一回事。

早在槿嫿找到向小湘的前兩年，向小湘就曾託人向寶記推薦他研製出來的脂粉。

郭友長也知道這事，他當時覺得城裡最好的妝粉工藝師都在寶記，向小湘不過只是個小工匠，能有什麼本事。

因此向小湘送過來的脂粉，被丟在了角落裡，直至堆滿了灰塵，也沒被開封過。

沒想到就是這一念之差，他錯過了向小湘這麼一棵活脫脫的搖錢樹！

真是悔不當初。

他以前被穆里候氣得要死，如今還要被穆里候的兒媳氣得半死。

棠槿嫿跟穆里候一樣，是個狠人。

一間新開的妝粉店，不到兩年就做得風生水起，還能建起規模完整的作坊。換成別人，怕是十年也做不到這一步。

他沒在她是隻毛毛蟲時把她摁死，如今她變成蝴蝶了，會飛了，就沒那麼容易摁死了。

郭友長氣憤地想了一會兒，決意先去找向小湘。

「美人妝」能起來，主要靠的就是向小湘，他若能把向小湘這棵搖錢樹挖到他的寶記，「美人妝」就會像被砍斷了翅膀的鳥，他倒要看看棠槿嫿還怎麼得意得起來！

十二月的某一天，風有些大，吹得滿城黃葉飛舞。

郭友長帶了個僕人，捎上了大包小包的禮物，往向小湘的新居去了。

憑藉著向小湘製作出來的玉容膏，槿嫿在大半年內賺了大把的銀子，賺到銀子後的槿嫿，除了付給向小湘應得的報酬外，還十分闊氣地出錢給他置了座有前庭、有後院的寬敞宅子。

而此時，作為東家的槿嫿，不過只是和相公、婆婆還有丫鬟，住在帶有天井的老宅子裡。

向小湘的父母早已不在人世，他這麼多年來又是光棍一條，住在西坊那間小屋子裡，一個人也是可以的。

但槿嫿既熱心地給他買了帶小院、前庭的宅子，又幫他修繕好了，他總不能不住吧！

況且……

淡淡的冬陽下，向小湘站在院子裡有些不安地捏了捏手指，抬眼往小梅那兒看去。

小梅穿了件棕紅色的衣裳，一條烏黑的長辮垂在後背，正站在竹竿下晾衣服。

她把一件濕答答的衣服晾到了竹竿上，發現向小湘在看她，紅了下臉道：「向大哥，真是對不住，把你衣服弄髒了，不過我現在洗乾淨了。」

「嗯。」

向小湘木木地點了點頭。

第一眼看見小梅時，向小湘就眼睛一亮。經過這大半年的接觸，向小湘愈發覺得小梅是個勤快善良、蕙質蘭心的姑娘。

他喜歡小梅這樣的姑娘，可……又覺自己配不上她。

別的不說，單是年齡這一塊，他大了她整整一輪，和她一比，他覺得自己可真是太老了。

況且小梅是槿嫿身邊的人，槿嫿對他已經非常地道了，他若還跟她要小梅，似乎有些說不過去。

但小梅每次見了他都喊他「向大哥」，還會給他送吃的，這能不能說明小梅對他也有那個意思呢？

向小湘想問問小梅的心意，又怕自己笨嘴拙舌的，萬一說錯了什麼，讓小梅誤會他行為孟浪，以後連朋友都做不成了，那真會要了他的命！

他心裡藏著這樣的心事，因此，每次見到小梅時，他就七上八下，手足無措的。

適才，小梅之所以會把湯汁灑在他身上，主要原因也是他一看見她就心慌，像個傻子一樣撞了上去。

向小湘平日裡就比較嚴肅沈悶，不說話的樣子看起來更嚴肅，小梅以為向小湘還在怪她弄髒了他的衣服，把手往裙上抹了兩下，小心翼翼地道：「向大哥，衣服都洗好了，也晾上了，我回『美人妝』去了。」

「等……」向小湘見小梅要走，著急地出聲喊道。

小梅回過頭來。

向小湘被她一看，心又亂成了一團。

他搓了搓手，掩飾著內心的不安。「屋裡有兩罐蜜餞，妳帶回去吃。」

他知道小梅喜歡吃甜蜜餞，特意買了兩罐，一直沒找到機會送給她呢！

聽到向小湘說要送她蜜餞，小梅心裡一陣暖。

其實她也感覺得出向小湘對她有意思，向小湘年紀是比她大了一輪，但他有手藝，人又踏實，如今還是「美人妝」第一工藝師，前途無量，連她家少爺和少奶奶都十分敬重他。

她只是個丫鬟，尋常情況下，年紀到了，便是找個差不多的小廝配了，一輩子都改變不了為奴為僕的命。

可她若嫁給向小湘就不一樣了。

向小湘連她喜歡吃蜜餞的事都放在心裡。之前，哪有人這樣關注她、關心她的喜好？

小梅不僅心暖，還很感動。

但女孩子嘛！要矜持。

她靦覥地笑了笑，揮著手道：「不用，不用了。」

一般人都能聽出這是姑娘們慣用的客套話，可向小湘以他二十七年的光棍經驗愣是沒聽出小梅的「口是心非」，以為小梅說的不用便是真的不用，一時間很是沮喪——莫不是小梅真瞧不上他，所以連他送的蜜餞都不肯接受？

如此一想，向小湘更是有些無地自容，低首道：「哦，那我帶到作坊去給別的工人吃。」

小梅是知道他的性子的，但聽到他這麼說，還是覺得受到了戲弄，氣得肺都快炸了。

向小湘發現小梅一聲不吭，臉色都變了，心裡更加鬱悶。

女人心海底針呀！她說不要，他就沒逼她要了，他這麼順她的意了，她居然還一臉不高興。

「得，那你就給別人吃吧。」小梅輕哼一聲，甩著辮子往大門走去。

因為生著氣，她拉開門閂的力度比平時大了許多。

「唰」地一聲門開了，迎頭便見一個富商打扮的人領了個僕人站在門口。

那僕人舉起手正要敲門，見門開了，趕緊放下手來，退到富商身後。

這富商不是別人，正是郭友長。

小梅不認識郭友長和他的家僕，客氣道：「二位找誰呀？」

「我們是來找向小湘向師傅的。」郭友長道。

小梅笑了下，回頭對向小湘道：「有客人來了。」

向小湘就在院子裡，早看見了郭友長兩人，但他又不認識他們，跟他們又有啥好說的？直接搖頭道：「不認識。」

向小湘知道郭友長的名字，但在這之前，他並沒有親眼見過郭友長。當年他苦心研製的脂粉，也是託人送進寶記的，和郭友長沒有過任何接觸。

小梅又好氣、又好笑，不認識怎麼了？人家提著禮物客客氣氣地來拜訪，總不能啥也不問，啥也不讓人說的就把人趕走吧。

真真向小湘不通事理。

小梅是大戶人家出來的丫鬟，又在「美人妝」站了那麼久櫃檯，應付這樣的場面自不在話下。

她微笑地代向小湘問：「敢問尊名？」

「寶記郭友長。」郭友長報了姓名。

小梅差點叫了出來。

別的名字她記不住，郭友長的名字她還會記不住嗎？

真是冤家路窄，她竟在這裡碰上了郭友長，更重要的是郭友長怎會出現在這兒？

小梅不急著離開了，笑著往裡邊請道：「原來是郭大老闆，裡邊快請。」

向小湘沒想到寶記的大東家郭友長會親自到他這兒來，見小梅都把門外的兩人請進來了，不好再迴避，便作了個揖，請他們到客廳說話。

小梅朝向小湘使了使眼色，便到廚房弄了壺熱茶來。

郭友長見小梅落落大方地給他沏茶，是個見過世面的，笑問：「這是尊夫人？」

向小湘沒想到郭友長會有此一問，抬眼發現小梅臉都紅了，正要說些什麼，小梅搶在向小湘前邊道：「郭老闆說笑了，我是他妹妹。」

郭友長此前沒聽人說向小湘有個妹妹，更何況這兩人長得也不像同個爹娘生的，心裡不由古怪。

但這並不是他今天來的目的。

喝了茶後，郭友長開門見山道：「久仰向師傅大名，今日前來，實是求賢若渴。」

小梅上了茶後，沒有離開，就站在向小湘身旁，聽到郭友長這樣的開場白，便猜郭友長是來搶人的。

結果，郭友長接下來說的話果真不出她所料。

郭友長巧言如簧地勸向小湘離開「美人妝」，投身寶記。一來，「美人妝」跟寶記相比，不過只是間新店，根基不穩，前程不明；二來，只要向小湘願意加入寶記，他可以給他更好的待遇，讓他的名聲更加響亮，就是這宅子，他也可以送他一座比這大三倍的。

郭友長開出的條件十分誘人，說話的態度也很誠懇，看樣子是真心想邀請向小湘到他寶記去。

小梅不動聲色地聽著，心裡卻已翻江倒海。

這個郭友長果真不是個善茬，「美人妝」的生意剛有崛起的苗頭，他就迫不及待地出手了。

他。

她緊張地看著向小湘，生怕他禁不住誘惑答應了郭友長，要是那樣，就當她白認了他。

向小湘一直板著臉，聽郭友長說完話後，臉上的神情更加嚴肅。

他當時送上門去，郭友長不要他，如今，又說自己「求賢若渴」，難道他以前不「賢」？

向小湘悶聲對郭友長道：「我和棠東家簽過契約，我是不會離開『美人妝』的。」

「這個你放心，只要向師傅有心離開『美人妝』，毀約的賠償金全包在我身上。」郭友長財大氣粗地承諾道。

向小湘搖頭道：「做人要守信，我向小湘要是應了你，跟牆頭草有什麼兩樣？」

向小湘平日裡不通世情，在這事上卻如此有擔當、有骨氣。

小梅看向小湘的眼神，登時都有了幾分敬佩。

郭友長沒想到向小湘還挺執拗的，好言勸道：「俗話說：水往低處流，人往高處走。良禽還都擇木而棲，再說，咱們也不是鬼鬼祟祟地走，而是給了賠償金，清清白白走的，合情又合理呀。」

「郭老闆現在覺得合情合理，要是我去了你寶記，又有人來勸我良禽擇木而棲，郭老闆到時還覺合情合理？」

郭友長被向小湘這麼一嗆，嚥了嚥口水道：「郭某是真心誠意來請向師傅的，向師傅既一時間難以下決定，那郭某改日再來。」

「這些郭老闆拿回去。」向小湘指了指桌子上的禮品道。

在一旁看了好一會兒戲的小梅，此時終於出聲了。

她笑著對郭友長道：「郭老闆，我哥哥向來就是這樣的性子，也不太會說話，你可千萬別往心裡去。」

「豈會呢！向師傅是個實誠人，郭某一向都很欣賞敢做敢言的人。」

郭友長臨走前還不忘給向小湘戴一頂高帽。

小梅看著他離開的背影，抿了抿嘴，對向小湘道：「向大哥，你是真的不想去寶記，還是礙於我在這裡，不好立馬就答應了？」

向小湘聽到小梅這麼說，一下子激動了起來，鄭重其事道：「我要是有那樣的想法，讓我天誅地滅。」

他不是看郭友長不順眼，也不是覺得郭友長提的條件不夠好，而是槿爐是第一個賞識他的人，也是第一個完完全全相信他的才能的人。

沒有槿爐，或許他一輩子都只是住在西坊角落裡的小小手藝人，不會像今天這樣揚眉吐氣，也沒有機會住到這麼大的宅子裡。

他要是因為有了些成就，就攀高枝，毀約離開「美人妝」，那他自己都會瞧不起自己。

小梅見他急了，笑道：「我知道，剛才不過是開個玩笑。」

小梅摸了摸垂在胸前的辮子，又羞澀道：「向大哥講誠信、有骨氣，是個頂天立地的男人，小梅喜歡。」

「妳說妳……」向小湘心裡一動。

小梅紅著臉，抓著辮子走了。

「看來郭友長是打定了主意要和我們過不去，幸而向師傅的心是向著我們的，不然可麻煩了。」

回到「美人妝」後，小梅第一時間向槿嫿說了郭友長親自上門找向小湘的事。

槿嫿聽後，著實出了一把冷汗。

這種時候，向小湘若帶著玉容膏的秘方離開「美人妝」，投身寶記，那「美人妝」很可能會面臨破產。

「對了，妳剛才說，郭友長臨走前說他還會再找向師傅？」槿嫿道。

「是，他是這樣說，不過向大哥是不會答應他的，少奶奶，妳應該相信向大哥。」

小梅肯定地道。

槿嬧看了看小梅，別有意味地笑了笑。「一口一個向大哥的，叫得這麼親熱。」

「少奶奶，妳別取笑人家了。」小梅又臉紅了。

「傻丫頭，有些事是瞞不住的。」

「不……我和向……向師傅沒什麼的。」

「妳緊張什麼，我又沒說妳和他有什麼不好的。」槿嬧握住小梅的手，推心置腹地說：「妳在我身邊這麼長時間，我早拿妳當妹妹了。妳如今也大了，我這年來常尋思要給妳找個好人家。」

小梅的臉一下子紅了。「小梅不嫁人，小梅要一直伺候少奶奶。」

「就算妳有這個心，我也不能讓妳這麼做。其實，我也早瞧出向師傅他中意妳。」

「少奶奶怎瞧出來的？」小梅脫口問道，話一出口，臉上又發起了臊。

槿嬧笑道：「他那麼不愛說話的人，常找妳說話，還動不動就往妳這邊瞧，我又不是瞎子。只是……向師傅他年長了妳許多，妳不嫌他老嗎？」

「他不老，至少看起來沒那麼老。」小梅低頭道。

看情況，小梅確實是很中意他。

槿嬧歡喜地道：「你們一個有情、一個有意，既如此，我便給你們作這個大媒。妳放心，我一定會好好給妳置辦嫁妝，讓妳風風光光嫁給向師傅的。」

她撮合小梅嫁給向小湘，一是想成全他們，二是想借小梅籠絡向小湘。雖然向小湘今天沒有答應郭友長，但郭友長若軟磨硬泡的，向小湘不一定就能堅持到底。

她不能讓郭友長得逞。

小梅聽到槿嫿這麼說，又是歡喜、又是害羞，低著頭道：「一切但憑少奶奶做主。」

十二月底，在槿嫿的安排下，小梅嫁給了向小湘。

槿嫿照嫁女的規格給小梅準備了兩大箱子嫁妝，另送了「妝匣、悶戶櫥、子孫寶桶」等六大件。

出嫁那一日，鑼鼓喧天，大紅花轎，極是風光熱鬧。

小梅坐在花轎裡，覺得自己好似在作夢一般。

她不過是窮苦人家出身，先是被賣進穆家做丫鬟，穆家敗落後，又去了薛員外家，這其間受了多少白眼打罵，哪敢想自己會有如今這麼風光的一天。

向小湘騎著馬走在迎親隊伍前面，面對著眾人的起鬨祝福，也覺如墜雲裡霧裡。

他本以為自己要打一輩子光棍，誰知在年近三十時，還能娶到這麼年輕漂亮的媳婦。

新婚之夜，兩人坐在紅通通的新房裡，看著對方，都只是傻笑。

向小湘有些不知所措地撓了撓頭道：「妳餓不餓？」

小梅往桌上看去，那裡放著一碟甜棗。

向小湘便走過去，把甜棗端了過來。

「你吃不吃？」小梅拿起了一個甜棗遞給他。

「不，我看著妳吃。」向小湘憨憨地笑道。

小梅吃了幾個甜棗，抿嘴笑道：「咱們能成親，你知道託的是誰的福嗎？」

「知道，是棠掌櫃。」

「少奶奶對咱們這麼好，咱們以後可得好好報答人家。」

「那一定。」向小湘點頭道。

槿嬗這麼抬舉她，雖然她不說，小梅也知道槿嬗是看在向小湘的面子上，才願意這麼做的。

倘若她嫁的不是向小湘，而是別人，槿嬗再怎麼喜歡她這個丫鬟，也不可能出這麼大的手筆。

小梅是個聰明的人，也是個懂感恩的人，槿嬗對她仁至義盡，她自不會讓槿嬗失望。所以，成親的第一天，她就提醒向小湘不要忘記槿嬗的恩德。

事實上，就算她不提醒，向小湘也不會忘記的——他現在住的宅子，宅子裡的東西，包括他的媳婦，都是從槿嫿那兒來的，他就是想忘也忘不了。

寶記。

郭友長正坐在擺設華麗的屋裡，慢悠悠地喝著參茶，一個小夥計拿了一籃子喜糖走了進來。

郭友長把眼一睨道：「哪兒來的？」

那夥計道：「來人說是『美人妝』的棠老闆特意送給您的。」

「美人妝？」郭友長挑起眉冷笑道：「那穆里候的兒媳是二嫁了嗎？送喜糖過來。」

「小的聽說，是棠老闆把底下的一個丫鬟許給了向小湘……」

「哼！」

敢情棠槿嫿是拿這籃喜糖向他示威！

夥計話音未落，郭友長便一掌拍在了桌面上。

那夥計見東家生氣，趕緊拎著籃子出去了。

郭友長本還對向小湘抱有一絲希望的，在得知向小湘娶了槿嫿身旁的婢女為妻後，便知把向小湘挖到寶記的事是徹底涼了。

向小湘這條路走不通了，但他豈能就這樣善罷甘休？很快地，郭友長又想到了另一個辦法。

槿嫿這邊卻是不知道郭友長又在算計她，正歡歡喜喜地準備著過年的事。

小梅出嫁前，之前遣散的丫鬟小竹和小菊聽說舊主東山再起，便雙雙前來投奔。她們兩人以前也是在槿嫿屋裡伺候過的，都是舊相識，知根知底的，槿嫿正缺人手，便爽快地把她倆留下了。

後來，之前伺候過穆子訓的小廝阿福也來了，槿嫿也把他留了下來。她本是想讓阿福繼續伺候穆子訓，給穆子訓當個書僮，但穆子訓卻說眼下他不需要人伺候了，槿嫿便讓阿福到店裡幫忙去了。

穆家養了三個僕人，店鋪裡另有五個夥計，那五個夥計，也是以前在穆家幹過活的。

槿嫿覺得再給她幾年時間，她沒準可以讓穆家恢復以往的繁榮昌盛。

「這紅燈籠掛起來，看著就喜慶。」槿嫿道。

眼下，她正站在天井處，看小竹、小菊在簷下掛紅燈籠。

穆子訓則帶著阿福在外邊清理大門上的青苔。

小竹和小菊一個十六歲，一個十五歲，兩人身量差不多，但論性子，卻是小菊更活潑一些。

聽到槿嫿說話，小菊回過頭笑道：「少奶奶說得是，這燈籠左八個、右八個，可不應了八八大順？」

「再加上掛燈籠的小菊十六歲，那就是又一個二八，又一個八八大順。」槿嫿逗道。

主僕三人嘻嘻哈哈地笑了起來。

不一會兒，向小湘帶著小梅來了。

向小湘手裡拎著一隻大水鴨，小梅手裡也拿了好幾大包東西，看情形，應是乾果、臘肉之類的。

他倆在門口先見到了穆子訓，笑著喊道：「穆少爺，過年好。」

「二位來了，裡邊請進。」穆子訓正給阿福扶著梯子，聽到他們兩人的聲音，忙回過頭，作了一揖。

向小湘成了婚後，人開朗了許多，話也比較多了，他舉起了手中的鴨子對穆子訓道：「一點小小心意。」

「向師傅太客氣了。」

阿福沒空，穆子訓便親自從向小湘手裡接過了鴨子。

槿𡢃在裡邊早就聽到了他們的聲音，笑盈盈地走上來道：「我那義父、義母今早差人送了兩尾大鯉魚過來，正想給你們送去一尾，你們人來了，我倒不用跑這一趟了。」

槿𡢃嘴裡所說的義父、義母不是別人，正是宋承先的父母。

她小時候與宋家比鄰而居，宋父、宋母那時就非常喜歡她。後來她搬了家，嫁了人，失了聯繫，開店後，得了宋承先不少幫助，與宋家的走動又多了起來。

去年有一日，姚氏到街上去，不小心被一輛馬車碰到了，跌倒在地上，那馬車見有人跌了，直接跑了，旁邊的人怕惹上麻煩，沒一個敢上前幫忙，姚氏只能坐在地上叫苦不迭。

這一幕，恰好被宋承先看見了。宋承先當時不知道姚氏的身分，只是出於好心，叫人把姚氏扶進了近處的一家醫館。

那大夫替姚氏處理了傷口，姚氏情緒穩定下來後對宋承先道：「謝謝這位公子，我夫家姓穆，我兒子在書山學館讀書，離這兒遠著，我兒媳婦在十八里街開著妝粉店，倒比較近，煩請公子叫人到十八里街上的『美人妝』跟我兒媳婦說一聲，好送我回家去。」

宋承先聽到她這麼說，立即明白——原來這位老夫人是槿𡢃的婆婆。他當即派人到「美人妝」去把槿嫿找來。

槿嫿來了後，姚氏才知道救她的人就是知安堂的少東家宋承先。之前，因為槿嫿和宋承先來往的事，她還懷疑過槿嫿和宋承先有什麼不可告人的私情，如今見宋承先為人善良正派，他和槿嫿兩個在她面前也是坦坦蕩蕩，姚氏才知自己誤會了。

後來，順著宋承先這條線，姚氏又認識了宋承先的娘。宋承先的娘本家也姓姚，見了面一說話，才知道論起親疏輩分來，兩人還算是遠親。

一來二去的，穆家與宋家的來往便多了。

一次閒聊時，宋母對姚氏說她只生了個兒子，也沒個女兒，要是有個像槿嫿那樣的姑娘就好了。

姚氏想著宋家家境殷實，穆子訓沒有兄弟姊妹，宋承先也沒有兄弟姊妹，槿嫿的親爹、親娘都去了，也沒給她留下什麼兄弟姊妹。若槿嫿認了宋母做乾娘，且不說凡事多了個照應，就是面子上也過得去。

便對宋母提議道，不如就認了槿嫿做個乾女兒，如果宋母不認槿嫿做乾女兒，就讓宋承先給她當乾兒子，因為她也只生了穆子訓一個。

宋母帶著玩笑的語氣道：「大姊，妳這主意打得精，認女兒的事是我先說的，自是讓槿嫿給我做乾女兒，若我家承先給妳做了乾兒子，我豈不虧了？」

宋母一來喜歡槿嫿，二來見穆子訓考中了秀才，槿嫿的「美人妝」也經營得紅紅火火，穆家未來可期，收了槿嫿這個義女，可謂是強強聯手，對兩家來說都只有好處沒有壞處。

兩位長輩都有這樣的心思，槿嫿便順理成章地認了宋母做義母，喚宋父為「義父」、宋承先為「義兄」。

穆子訓在宋父、宋母面前自稱「小婿」，宋承先也不客氣地改口喚穆子訓為「妹夫」。

他之前見穆子訓像是個紈袴子弟，一事無成，不是很瞧得起穆子訓，可穆子訓考上秀才後，宋承先便對他刮目相看了。

「尺有所短，寸有所長」，在宋承先看來，穆子訓這樣的人，或許天生就是適合考科舉的，而不是經商的料。

如今宋穆二家親上加親，關係自然是十分和睦。大過年的，互贈些年禮、年貨是再正常不過的。

小梅聽到槿嫿說要送鯉魚給她，揚眉笑道：「那就先謝過少奶奶了，年年有鯉，年年有餘，多好的兆頭。」

「跟我客氣什麼，快進來吧。」槿熗說著，把她和向小湘請了進去。

小菊站在簷下，看見小梅和向小湘隨槿熗進了屋，歪過頭低聲地對小竹道：「小梅本是和我們一樣的，如今倒成有錢人家的太太了。妳看看她那身衣衫，多好的綢料子，都快把咱少奶奶的比下去了。」

「人家比我們早找上少奶奶，妳要趕在她前面，指不定這闊太太就該妳當了。」小竹笑著調侃。

「我才不想找個比我大一輪的。」小菊捂嘴笑了起來。

年過了後，商戶們又開始忙活起了開市的事。

槿熗想著美顏護膚不僅要在外表上花工夫，還得從內裡調養，便和宋承先商量，在知安堂和「美人妝」各開個專櫃，專門賣些美顏、美體的花茶補品。

知安堂原本就是藥材鋪，要另開個專櫃不難，「美人妝」這邊要費的工夫卻多些。

這一日，槿熗待在店裡，正想著如何調整店鋪布置，一個衣著十分闊氣的男人領了個打扮得很妖嬈的女人到店裡來了。

「美人妝」每日客來客往，槿熗也不是個個都留意得到的，但這兩位客人一進大門，便引起了槿熗的注意。

一來，那男客衣著雖闊氣，但卻是一臉的橫肉。開門做生意的，最怕地痞流氓來鬧事，槿嫿開店的這幾年，也曾和這些人打過交道，而這男人進了店後，臉上雖帶著笑，但給人的感覺就不是個善茬。

二來，他身旁的那個女人身上風塵味太重了，又穿了件緊身的裙子，走路時，胯扭得厲害，別說男人，就是女人見了也會忍不住多瞧幾眼。

他們進來時，槿嫿剛好就站在櫃檯旁，便親自去招呼他們。

那男客上下打量了槿嫿一番道：「這『美人妝』是妳開的？」

「是。」槿嫿點頭道。

「喲，不錯，美人妝、美人妝，老闆娘不美都對不起這名字。」他說著，站在他旁邊的女人忍不住捂嘴笑了起來。

男人掐了下她水蛇一般的腰，看向槿嫿道：「聽說妳這兒有個東西叫玉容膏的，女人用了後皮膚又白又嫩，給我來幾盒。」

「好，你稍等。」槿嫿見他雖流裡流氣，但看言行是真心要來買東西，不是來鬧事的，便親自到貨架上取了兩盒玉容膏，包好後，又親自送到了那扭著水蛇腰的女人手裡。

男人很爽快地付了錢，也不多做停留，直接摟著女人的腰走了。

槿嫿只當這是樁尋常生意，過後，也沒放在心上。
豈料不出三日，那男人領著那女人又來了。
他領著那女人來時，正是一天裡客流量最多的時候，槿嫿正坐在裡屋休息，聽到外邊一陣騷亂，料是事態不好，不等夥計通報，便急急走到了外邊。
「少奶奶！」一個夥計喊了槿嫿一聲。
那男人扭頭便往槿嫿這邊看來。
槿嫿眼尖，一眼便認出了這男人和站在他身邊的女人就是幾天前見到的那兩位。
那女人的腰依舊是又長又細的，就是那張臉，不知是怎麼了，又紅又腫的，似是被馬蜂螫過一般。

——未完，待續，請看文創風915《安太座》下

2020年12月出版

廚娘的美味人生

文創風 912～913

一點甜蜜，一點酸澀，
適量笑容，少許淚水，
佐以很多幸福，
烹製出屬於他們的美味人生——

有愛美食不孤單／梅南衫

如果人生能重來，何葉想回到父母發生意外前，
但一陣暈眩後睜開眼，人生是重來了，卻不是自己的人生。
她還是叫何葉，卻成為業朝當代第一酒樓大廚的女兒，
不過整天待在房裡繡花、看話本，人生也太過無趣，
為了爭取到酒樓工作的機會，她先是開發以水果入菜的創意料理，
又提議酒樓舉辦廚藝競賽，開放顧客評分，刺激消費，
但父親不肯讓她參賽，何葉決定女扮男裝，偷偷報名，
沒想到那個幾乎天天到酒樓報到的貴公子江出雲，
一眼就看出她的彆腳偽裝，可他不但沒有拆穿，
還幫她向父親説項，讓她順利成為酒樓學徒。
本以為幫著父親研發新菜色，隨著父親受邀四處辦筵席，
就是她小廚娘生活的全部了，
沒想到奉旨進宮籌辦御宴，竟捲入宮廷鬥爭中——

‧‧‧‧ 2020年終幸福特別企劃 ‧‧‧‧

依舊愛妳，我的寶貝

【306期：漂漂】 主人 新北市／艾瑪

我家的漂漂原本生活在內湖動物之家，後來被一位中途帶出來照料長大，我則是看到中途的貼文，得知漂漂正在找主人，便認養回來。然而，之後因為個人因素考量；同時也想讓牠在更適合的環境空間裡成長，而不是經常被關在空間狹隘的陽臺，所以就想刊登認養訊息再幫牠找個理想的新主人。

但經過一段時間，還是沒能如願找到新主人，所以經過協會志工的協商溝通下，我決定繼續養漂漂，因為養牠一陣子也有感情了……

說起漂漂，牠十分活潑機伶，也喜歡玩耍，所以我就利用「吃東西」這件事來訓練牠的技能，像是坐下、等待這一類指令，多半只要教兩、三次，基本上就學會並記住了，不過有時還是會不小心出包忘記一下的反應，也著實可愛啦！

如此聰穎又超健康的漂漂，實在也捨不得離開牠啊，儘管仍擔憂會咬家具的漂漂，是否能被我完全教好，不過無論如何，我不會再放手了，因為牠依舊是我最愛的寶貝。

我還在這裡等妳，親愛的主人

305期：QQ

現在的QQ已經長成熱情、活潑的漂亮妹妹啦！一見到人，牠喜歡扭著小屁股蹭過來撒嬌，同時再附上甜美的笑容，真是讓人覺得「Q」到不要不要的！這樣的萌妹子，您還在等什麼，趕快搶回家吧！

（聯絡人：陳小姐→leader1998@gmail.com）

307期：小黑皮

小黑皮是個非常喜歡撒嬌的小男生，愛發出咕嚕咕嚕聲，也很愛自high，到哪都能玩得很開心，厲害的環境適應力就是牠的優良保證。來吧！一起和小黑皮上山下海玩翻天～～

（聯絡人：陳小姐→leader1998@gmail.com）

308期：福山

外冷內熱的福山十分乖巧，是個很好的陪伴者，平時在家很安靜，不常吠叫，但是一發現有人回家，便會開心地去迎接，重點是擁有像福山雅治一樣的帥氣氣質，才取名叫福山唷！快來帶牠回家，當個現成的狗明星爸媽吧！

（聯絡人：林小姐→loan163_loan@yahoo.com.tw）

309期：小米

可愛溫柔的小米經常參加路跑送養會、草悟道義賣送養等活動，每次牠都非常聽話，乖巧地待在一旁。現在牠仍盼望有一個被寵愛的安身之處，守護新主人的每一天。

（聯絡人：張帆→gougoushan@gmail.com）

310期：小尾

安靜乖巧的小尾很有靈性，模樣似可愛的小狐狸，牠親人也親狗，常喜歡默默地坐在一旁陪伴，也喜歡將頭頂著人的手，示意要討摸摸。這小可愛非常適合做家庭陪伴犬，若您心動的話，就來會一會牠吧！

（聯絡人：張帆→gougoushan@gmail.com）

認養資格：

1. 須同意簽認養寵物切結書。
2. 須同意送養人日後之追蹤探訪，對待寵物不離不棄。

來信請說明：

a. 個人基本資料：姓名、性別、年齡、家庭狀況、職業與經濟來源等。
b. 想認養的理由。
c. 過去養寵物的經驗，及簡介一下您的飼養環境。
d. 若未來有結婚、懷孕、出國或搬家等計劃，將如何安置寵物？

文創風 914

安太座 上

國家圖書館出版品預行編目資料

安太座 / 月小檀著. --
初版. -- 臺北市 : 狗屋出版社有限公司, 2021.01
冊 ; 公分. --(文創風)
ISBN 978-986-509-171-2(上冊:平裝). --

857.7　　109019606

著作者　月小檀
編輯　黃淑珍　李佩倫
校對　沈毓萍
發行所　狗屋出版社有限公司
地址　台北市104中山區龍江路71巷15號1樓
電話　02-2776-5889～0
發行字號　局版台業字845號
法律顧問　蕭雄淋律師
總經銷　知遠文化事業有限公司
電話　02-2664-8800
初版　2021年1月
國際書碼　ISBN-13　978-986-509-171-2

本著作物由北京晉江原創網絡科技有限公司授權出版

定價260元
狗屋劃撥帳號：19001626
網址：love.doghouse.com.tw　E-mail：love@doghouse.com.tw